绝对的孤独者
THE ISOLATOR
realization of absolute solitude
Sect.005
5 液化者 The Liquidizer
[日] 川原砾 / 著
[日] 玉葦 / 绘 曹逸冰 / 译

『……欢迎回来，雏同学。』
『我回来了，稔同学。』
Suu Komura
小村雏

Tomomi Minowa
箕轮朋美
『我也觉得，和你一起跑步是很开心的。
可是……为什么……』
『我也觉得，跟你一起跑
很开心啊。』
Minoru Utsugi
空木稔

『……你妹妹就在
深红之眼组织的大本营。』
Liquidizer
液化者

Olivier Saito
齐藤奥利维耶
『观星者在哪儿？』
『……你这是乔装打扮过了，还是说这就是你的真面目？』
Yumiko Azu
安须由美子

“组织”

“特课”正在追查的集团，由“深红之眼”宿主组成。

『组织』最强大的『深红之眼』宿主，有好几张不同的面孔。代号为『液化者（Liquidizer）』，能液化所有固体。

Liquidizer
液化者

Empathizer
共感者

代号为“共感者（Empathizer）”，能窥视他人的记忆。

Lubricator
润滑者

代号为“润滑者（Lubricator）”，能力不明。

自称『三川溜』的少年。代号为『凝结者（Trancer）』，能让水瞬间冰冻。

Trancer
凝结者

OTHERS

Norie Yoshimizu
由水典江

在稔的父母双双去世后收养了他。性格开朗外向，对稔体贴入微。

Tomomi Minowa
箕轮朋美

与稔毕业于同一所初中。关于稔的回忆曾被抹去，但两人后来再次成为好友。

“深红之眼”宿主

Stinger
刺击者

身份成谜、目的不明，能使用多种能力。不仅攻击“特课”成员，还攻击隶属于“组织”的宿主。

Biter
咀嚼者

真名为高江洲晃。代号为“咀嚼者(Biter)”，拥有超高硬度的牙齿，能咬碎一切。

Igniter
点火者

真名为中久保洋介。代号为“点火者(Igniter)”，能自由操纵氧气。

厚生劳动省安全卫生部特别课

别名“特课”

以空木稔为首的“深红之眼”宿主的所属单位。

Himi Manager
冰见课长

“特课”的负责人。拥有操控记忆的能力。

Sanae Ikoma
生驹早苗

由美子的前任搭档，目前处于昏迷状态。代号为“狙击者（Shooter）”。

Shou Komura
小村菖

雏的哥哥，代号为“观察者（Spectator）”，有“千里眼”。

Crea Saito
齐藤克蕾雅

奥利维耶的妹妹，与哥哥一样，也是“特课”所属的“漆黑之眼”宿主。

Lindenberger
林登贝格

隶属于“特课”的“漆黑之眼”宿主。

Minoru Utsugi
空木稔

与义姐典江一起生活的平凡少年。代号为“孤独者（Isolator）”。能生成排斥一切物理干涉的绝对“防御壳”。

『特课』成员，最强大的『漆黑之眼』宿主。代号为『折射者（Refractor）』，有隐身能力。

Suu Komura
小村雏

『特课』成员，钟爱大型机车。代号为『加速者（Accelerator）』。能运用自己的双脚或机车实现超高速移动。

Yumiko Azu
安须由美子

『遥感型能力者』，奥利维耶的搭档代号为『探索者（Searcher）』。

DD (Denjiro Daimon)
DD（大门传二郎）

日法混血青年。代号为『分割者（Divider）』，能用剑切断万物。

Olivier Saito
齐藤奥利维耶

还在念小学四年级，却是『特课』的代理课长兼作战指挥官。外号『教授』，代号为『思索者（Speculator）』。

Riri Isa
伊佐理理

THE ISOLATOR
realization of absolute solitude

目录

绝对的孤独者

THE ISOLATOR
realization of absolute solitude

Sect.005 液化者
The Liquidizer

『我在追求
绝对的「孤独」……
所以我的代号是
「孤独者」。』

[日] 川原砾 / 著
[日] 玉葷 / 绘 曹逸冰 / 译

廣東旅游出版社
GUANGDONG TRAVEL & TOURISM PRESS
悦读书·悦旅行·悦享人生
中国·广州

图书在版编目（CIP）数据

绝对的孤独者. 5, 液化者 / (日) 川原砾著 ; (日) 玉蕈绘 ; 曹逸冰译. — 广州 : 广东旅游出版社, 2020.7

ISBN 978-7-5570-2245-7

Ⅰ. ①绝… Ⅱ. ①川… ②玉… ③曹… Ⅲ. ①长篇小说—日本—现代 Ⅳ. ①I313.45

中国版本图书馆CIP数据核字(2020)第091024号

出 品 人: 刘志松
责任编辑: 何 阳 于子涵

原作名：《絶対ナル孤独者 第5巻 －液化者 The Liquidizer－》，作者：川原 礫，绘者：シメジ，
原版设计：BEE-PEE
ZETTAINARU ISOLATOR Vol.5 —EKIKASHA The Liquidizer—

Edited by 电击文库
First published in Japan in 2019 by KADOKAWA CORPORATION, Tokyo.
Simplified Chinese translation rights arranged with KADOKAWA CORPORATION, Tokyo.

广东省版权局著作权合同登记号：19-2020-050

本书为引进版图书，为最大限度保留原作特色，尊重原作者写作习惯，酌情保留了部分外来词汇。特此说明。

绝对的孤独者5 液化者
JUEDUI DE GUDUZHE 5 YEHUAZHE

广东旅游出版社出版发行
地址：广州市越秀区环市东路 338 号银政大厦西楼 12 层
邮编：510060
电话：020-87347732
印刷：广州市番禺艺彩印刷联合有限公司
（地址：广东省东莞市大岭山镇石大公路金桔段16号）
开本：787 毫米 × 1092 毫米 1/32
字数：160千字
印张：6.875
版次：2020 年 7 月第 1 版
印次：2020 年 7 月第 1 次印刷
定价：38.00 元

本书如有印装质量问题，请与广州天闻角川动漫有限公司联系调换。
联系地址：中国广州市黄埔大道中309号 羊城创意产业园3-07C
电话：（020）38031253 传真：（020）38031252
官方网址：http://www.gztwkadokawa.com/
广州天闻角川动漫有限公司常年法律顾问：北京市盈科（广州）律师事务所

第五章 液化者

Sect.005 The Liquidizer

THE ISOLATOR
realization of absolute solitude

1

“我回来了……”

稔打招呼的声音，比平时低了两成左右。

但话音刚落，门口便传来了活力十足的两声问候，抵消完稔的阴霾，怕是还有剩的。

“打扰啦！”

“打扰啦！”

两个人跟着稔走进门。一个是女高中生，穿着黑色的西装校服，外面套了件焦糖色的粗呢大衣；另一个是男生，穿着颜色相同的西装校服，披了件灰色的登山冲锋衣。稔在一旁看着他们端正姿势、深鞠一躬的样子，不由得心想：“他们跟平时差太多了吧……”但他显然是不敢把这话说出来的。

义姐由水典江站在门口的台阶迎接三人的到来。只见她睁大眼睛愣了一下，随后莞尔一笑：

“欢迎欢迎，我是小稔……啊不，我是稔的姐姐典江，幸会呀。”

典江点头示意后，两位客人立刻自报家门。

“您好，我叫安须由美子，在都立光彩高中上高一。感谢您邀请我们来做客。”

“您好，我叫齐藤奥利维耶，也是光彩高中的，今年上高二。这是我们的一点心意，不知道合不合您的口味，请笑纳。”

奥利维耶双手奉上西点店的纸袋。典江一脸的过意不去，道着歉接了过来：“真不好意思呀，让你们费心啦！快进来吧，外套挂那儿就行啦。”

“好的！”

“打扰啦！”

两人答得格外干脆，迅速脱下外套。稔接过他们的衣服，跟自己的大衣一起挂在门厅角落的衣帽架上。

一行人随典江穿过走廊，来到起居室兼餐厅。奶油炖菜的香味顿时对空空如也的胃产生了刺激。奥利维耶双手捧腹，正要开口说话。见状，由美子连忙用手肘捅了他一下，让他闭嘴。所幸典江好像没察觉到加速者的高速小动作，一边套好之前搭在椅背上的围裙，一边说道：

“午饭马上就好，你们先看会儿电视吧。”

典江正要拿着装有伴手礼的纸袋走去厨房，由美子提出：

“我来打下手吧！”

听到这话，两个男生当然也不能傻坐着。

“典江姐，我也来帮忙吧。”

“也……也算我一个！”

稔和奥利维耶都表示出要帮忙的意思，典江却“咯咯”一笑，举起双手：

“我们家的厨房塞不下四个人呀。待会儿会让男生帮忙收拾碗筷的，你们就乖乖等着吧。”

司令官的指示违背不得。稔与奥利维耶面面相觑了片刻，便走去起居室，并排坐在沙发上。才刚坐下，只听见“呼”的一声，“分割者”舒了口气，用平时的语气轻声说道：

“你家没有游戏机吗？”

“呃……嗯，不好意思，没有最新款的……上上代的家用机倒是有的，但平时很少用呢……”

“能尽情玩耍的日子可不多哦。等你升上高二，一眨眼的工夫就要高考了啊。”

发表这番高见的奥利维耶本人就在念高二，照理说再过三个月，他就要升高三了。稔瞥着日法混血造就的精致侧脸，小声问道：

“你打算考大学吗？”

“唔……还没想好呢。”

“没想好？你不是马上就要升高三了吗？”

“你想啊……”戴着蓝色聚酰胺框架眼镜的他转头瞥了眼厨房，然后进一步压低嗓门回答，“寄生在我们和其他人身上的黑色小球是外星生物哦。说不定除了它们，地球外面还有一大堆太空怪兽、某某星人之类的东西。要是它们大举进攻的话，地球！地球就会大难临头，认真学习考上大学不是一点意义都没有了吗？”

“……为什么‘地球’要连说两遍啊？”

稔不知道这话有几分真几分假，所以姑且问了一句，可奥利维耶只是夸张地耸了耸肩，不再作答。无奈之下，稔只能换个问法：

“呃……按你的思路，我们出去执行任务不也是白费功夫吗？就算我们除掉了再多的深红之眼，只要某某星人的某某光线把地球搞爆炸了，我们不就白忙活了吗？”

“不不不，此言差矣——”奥利维耶说得斩钉截铁，而且还麻利地对稔使了个眼色，“你也拿到上个月的工资了吧？在地球毁灭之前，我们至少能用那些钱做很多事情呀。比如把万元大钞撒在床上，躺上去滚一滚什么的。”

“……教授也说过一模一样的话。”

稔愣是把叹息咽回肚子里，再次偷瞄奥利维耶的侧脸。那些暴露邪念的言辞当然不是他的真心话。钱绝不是驱动分割者的原动力。他是出于某种私人目的才上战场的——而且这个目的，与两天前落网的凝结者三川溜密切相关，这一点，稔再清楚不过了。

凝结者目前被安置在离特课总部很近的国立高度医疗研究中心医院（简称NCAM）的11层。按深红之眼宿主的处理原则，他理应和点火者一样，接受第三眼摘除手术，并抹去所有相关的记忆。但是截至1月5日中午12点，手术好像仍未进行。

奥利维耶找到伊佐理理教授，强烈要求在处置凝结者时到场旁观，所以他大概是想一直待在特课总部待命的，无奈他今天被由美子拽了出来，一起来到空木家执行“作战计划”。虽然他同行的前提是NCAM一来消息，由美子就立刻骑摩托车送他过去，可稔还是觉得，他至少可以在吃饭的时候稍微放松一点……就在这时，典江喊道：

“久等啦，可以开饭喽！”

奥利维耶立刻站了起来，仿佛在说“我等的就是这句话”。

餐桌上摆着典江的拿手绝活奶油炖菜，还有嫩叶沙拉。站在一旁的由美子右手拿着面包刀，左手拿着饭勺。

“奥利……齐藤同学、空木同学，你们想吃面包还是米饭呀？”

“居然叫我‘齐藤同学’……”

奥利维耶小声嘟囔之后回答：“米饭！”听到这话，稔也就没有了顾虑，说道：“我也吃米饭。”由美子点了点头，对厨房里的典江喊道：

“典江姐姐，我们三个都吃米饭！”

“居然叫‘典江姐姐’……”这话差点脱口而出，但稔憋住了。“知道啦！”典江在厨房应了一声，电饭煲被打开的响声随后传来。

由美子也走回厨房，不一会儿就捧着个方形托盘回来了。托盘上放着笠间烧（**注：日本陶艺流派，“笠间”是日本地名，位于今**

天的茨城县）的浅碟，里面盛着刚煮好的米饭，热气腾腾。定睛一看，奶油炖菜也用了笠间烧的深碗，沙拉用的是木盆。看来典江一开始就猜到了高中生们会选米饭而不是面包。

有两份米饭是大号的，由美子把它们放在奥利维耶和稔跟前。其实她也是第三眼宿主，“耗能”同样也很巨大。稔本想劝她：“你也来份大的不是很好吗？”但转念一想还是作罢了。她肯定是为了圆满完成今天的“作战计划”才刻意忍耐的。

三人就座之后，脱了围裙的典江也在由美子旁边坐下。自从典江的父亲由水弘平（稔的叔祖父）去世，这张四人餐桌就再也没坐满过了。

“来，快吃吧。”

在典江的催促下，三人齐声说道：“我开动了！”然后拿起木勺。

由水家的奶油炖菜有点特殊，不用鸡肉，而是用的猪腿肉，这是他们家的传统。大块猪肉看上去好像很硬的样子，其实用文火慢炖之后，就软得能用勺子压断了。至于蔬菜，除了土豆、胡萝卜、蘑菇等经典配菜，还有应季的抱子甘蓝、西兰花、芦笋、芜菁等，品种很是丰富。看着是彻头彻尾的西餐，却带着几分日式风味，别提有多下饭了。

两个男生狼吞虎咽，由美子却在文雅地品尝过之后询问典江：

“典江姐姐，您加了什么提鲜呀？”

典江露出略显调皮的微笑，答道：

“提鲜的佐料有三种，不过啊，这是我们家的祖传秘方，只传自家媳妇哦。”

听到这话，稔差点呛到，好不容易才忍住。没想到典江还没说完。

“要是你哪天嫁过来了呀，我立马教你。不过除了你，还有好几个新娘候选人呢，比如前一阵子来过的小村同学啦，还有跟小稔同校的箕轮同学啦……”

“典……典江姐！”

稔实在忍不住了，一声大喊。旁边的奥利维耶“噗哧”一声喷了出来。由美子却表现出了惊人的意志力，淡定地回答：

“不瞒您说呀，典江姐姐，在我们社团啊，还有一个跟稔同学很要好的女孩子呢。只是人家还在上小学就是了。”

“天啊……”

见典江瞠目结舌，稔只得暗自呻吟：这下可好，作战计划要彻底失败了！

之后，餐桌上姑且算是风平浪静。用奥利维耶带来的（其实是半路上在特课总部附近的西点店采购的）布丁和咖啡为午餐画上句号之后，两个男生收拾了碗筷。忙完以后，三人站成一排，对典江说了“多谢款待”，然后便上了2楼，去了稔的房间。

房门一关，奥利维耶立刻用左手缠住稔的脖子，同时拿右手的手肘顶着他的侧头部转圈。

“哟呵，咱们阿稔老师的手段也是相当了得啊！”

“别……别胡说！还有，这么按其实很疼的！”

“啧啧啧，这件事也得赶紧跟科姆肖汇报一下呢！”

“科姆肖”是“折射者”小村雏的亲哥哥，“观察者”小村菖的昵称。稔家门前的电线杆接线盒里也有他的监控终端——美少女手办。所以此时此刻，要是奥利维耶在窗口喊上那么几句话，“观察者”绝对能完完整整地接收到。

“别……别啊！我跟雏同学之间明明什么都没有发生过啊！”

“可不是嘛。除了你只能把小村同学收进‘防御壳’这一点，你的确是什么都没有发生过啊。”

看着书架的由美子如此说道。稔心想，继续这个话题实在危险，便试着用略显强硬的方式切换话题。

“先……先别说这个了，你们的寒假作业都还没做完吧？这才是今天的正题，还是赶紧把正事办了吧。”

稔挣脱奥利维耶的手臂，把坐垫摆在房间正中间的矮桌周围。听到这话，在同一所高中上学的两位齐刷刷地把脸一沉，但还是乖乖坐下，从包里掏出了看着像习题册的本子。

“让教授做，大概5分钟就能搞定一本了吧……”

奥利维耶一边嘟囔，一边翻开英语习题册。这时，由美子向他抛出了一个特别直截了当的问题。

“你不是混血儿吗，怎么可能不会英语呢？”

“啊，这样先入为主可不好哦，小由子。我是日法混血呀。”

“那你会说法语吗？”

“不会啊，一句都不会。”

“你这人真是百无一用啊。”

由美子毫不留情地损道，自己也翻开了数学习题册。看了两秒钟以后，她抬起头，望向稔说道：

“空木同学，教我怎么解这道题吧。”

“啊……嗯。”

稔探出身子，而他右边的奥利维耶自言自语道：“你不也是半斤八两吗……”但由美子狠狠瞪了他一眼，于是他立马闭嘴。

稔就读的埼玉县立吉城高中是县内一流的重点学校，不过由美子和奥利维耶念的都立光彩高中也是偏差值高达70的名校。果不其然，由美子指着的习题是有点复杂的高次方程。稔调动脑袋里的所有知识和灵感为她解答：

“呃……这个要先用多项式长除法，用左边的除以X-1……”

“嗯嗯……”

稔看着由美子用自动铅笔写出一串工整的数字。就在这时，身旁的奥利维耶来请求支援了。

“阿稔啊，这里的‘跟鲍勃每个蓝月亮见一次’是什么意思啊？”

“啊？哦，‘Once in a blue moon’是俚语，意思是‘偶尔’‘极少’。”

“哦哦……”

在奥利维耶开始翻译句子时，由美子又伸手扯了扯稔的袖子。

“你看，长除法已经做到这里了……”

“呃……已经没有余数了对吧？然后再对这个多项式做因式分解，就……”

“啊，这样就能解出来了啊！原来如此……”

由美子的计算基本功貌似还挺扎实，运算起来很是顺畅。奥利维耶好像也终于拿出了干劲，开始专心做题了，于是稔稍稍后退，靠在床的侧面，偷偷松了口气。

加速者跟分割者今天之所以上门做客，的确是为了搞定作业，他们也是这么跟典江说的，只是这项任务背后还暗藏着特殊的作战计划。不过目标人物不是深红之眼，而是稔。最近这一个月，稔的外出次数激增，还经常很晚回家。作战计划的主旨，就是在尽可能不撒谎的前提下给典江一个解释。

吃午饭时，由美子跟奥利维耶告诉典江，他们都参加了一个主要由学生组成的公益服务社团，在清扫秋濑公园的活动中碰巧认识了稔，就拉他入伙了。“对抗深红之眼”的确有点为社会作贡献的意思，稔跟由美子第一次碰面的地方也的确是秋濑公园，所以这些也不完全是谎话，但究其本质，他们终究是在欺骗典江。因为最重要的一点——“稔在拼命战斗”这件事，他们连一点点暗示都不能给。

加入特课时，稔对有能力操控记忆的冰见课长提了一个条件——在和深红之眼的战斗彻底结束后，请课长从认识稔的所有人的脑海中抹去关于他的记忆。课长也接受了这个条件。典江当然也包括在“所有人”的范围内。如果稔能活到日本的深红之眼被扫荡干净的那一天，课长便会履行承诺——典江会彻底忘记和她共同生活了整整八年的弟弟。

这样对她更好。典江将在今年迎来她的32岁生日，可这些年，她一直单身，这很有可能是因为她把身为监护人的义务放在了更重要的位置。稔一走，经济负担也就不复存在了。只有这样，典江才能为自己的幸福而活。就算今天又对她撒了谎，但只要把稔的存在抹去，这些谎言也会跟着他一笔勾销……

“你又在想消极的事情了是不是？”

稔被突如其来的声音拉回现实，抬眼一看，只见由美子正直直地盯着自己的脸看。他下意识地摇头说道：

“不……不是啊，我没想什么……”

“空木同学，你想事情的时候会习惯性地搓指尖的，就像这样。”

说着，由美子把右手的拇指和中指搭在一起，搓了搓。稔毫无自觉，一边反驳道：“啊？我没有啊……”一边试着模仿这个小动作，却发现做起来感觉格外顺手。

见稔不吭声了，由美子脸上闪过一抹微笑，随后说道：

“我知道你肯定是觉得自己跟姐姐撒谎了，心里过意不去，但也许……你总有一天会有机会跟她道歉的，现在就先别想这些了。”

“‘总有一天’……到底是哪天呢？”

“就是深红之眼被消灭干净的那一天啊。”

“……”

稔在几十秒前刚想过同一件事，但两人的着眼点并不一样。稔想的是“典江的记忆被抹掉以后会怎样”，由美子却让他在事情了结以后老实交代，跟姐姐道歉。从“做人”的角度看，孰对孰错是显而易见的，可事已至此，他已无法修正轨道了。因为他就是为了去到绝对孤独、没人认识他的世界，才以漆黑之眼的身份奔赴战场的啊。

由美子应该也知道稔心底的愿望，但她并没有像之前那样正面顶撞，而是把上半身往后抬了些，继续说道：

“……不过嘛，新的深红一个接一个地冒出来，‘那一天’一时半刻大概是不会到来的。”

稔为话题的转变暗暗松了口气，问道：

“那家伙……刺击者的行踪还没有查到吗？”

话音刚落，由美子又瞪了他一眼。

“我说你啊，你在特课的SC已经跟我一样了好吧！你都不知道的事情，我怎么可能知道嘛！”

SC是安全级别（Security clearance）的简称，说白了就是获取信息的权限。虽然特课的成员少，大家相处起来有种大家庭的感觉，但它毕竟是受政府管辖的组织，所以这方面的规定还是有的。只有冰见课长享有SC1权限，能接触到与3E（第三眼）事件相关的所有信息。指挥官伊佐理理教授是SC2，稔和其他战斗人员、工作人员是SC3。

“话是这么说啦……但你待在总部的时间比我长啊，我就想你会不会听到什么风声……”

“你也转学来光彩，搬过来住，就能一天到晚待在总部了啊。”由美子挖苦了一句，然后正色道，“据我所知是一点情报都没有。DD的嗅觉探测器没反应，公安好像也完全抓不到他的尾巴。”

“这样啊……”

刺击者是稔……不对，是特课遭遇过的众多深红之眼中最神秘的一个，在两天前逃之夭夭。在品川区的大井码头，稔、由美子、凝结者和已知的深红之眼中最为强大的液化者展开了一场四人混战。刺击者差点要了凝结者的命，也让液化者受了重伤。稔奋不顾身地使出了必杀技“防御壳大爆发”，切断了刺击者右脚膝盖以下的部位。可即便是这样，他还是成功逃脱了——因为他使出了“靠自己的力量飞上天空”这样的超人手段。

刺击者毕竟丢了一条腿，一时半刻恐怕无法再出来活动。然而，稔曾经差点被他操控的微型虫子炸弹炸开颈动脉，所以他一点都乐观不起来。

“……有没有通过他留下的脚查出什么线索啊……”

听到稔的呢喃，由美子轻轻耸肩道：

“NCAM好像已经做了精密的分析，但都过去整整两天了，还是一点消息都没有，看来希望很渺茫啊。”

“话说阿稔啊。”

突然听到有人叫自己的名字，稔往右望去。只见奥利维耶一边用指尖灵巧地转自动铅笔，一边带着凝重的表情问道：

“刺击者那家伙在逃跑前是不是撂下一句话，说他要把脚拿回来什么的？”

“对……他说的是，‘我会很快夺回来的’。”

“也就是说，我们也不能排除他再次向NCAM发动袭击的可能性吧？”

“……”

稔不禁跟由美子面面相觑。

的确，如果刺击者真的跟他宣告的那样，打算夺回自己的右脚，那么唯一的方法就是冲进NCAM。问题是，右脚的分析工作是在NCAM的十一层进行的。为了收容落网的第三眼宿主，这层楼几乎被改装成了要塞。光是稔知道的，就有机关枪、高压电、麻醉瓦斯等防御措施，即便是液化者，也很难从正面突破。为稔治疗右手的二田水聪博士也笑嘻嘻地说：“我觉得吧，大概只有空木同学才能跟这边的防御系统抗衡。”

“……刺击者的确不怕9毫米的手枪子弹，也不怕凝结者的冰炸弹跟液化者的液化攻击……但他的能力应该仅限针对人吧。他再厉害，也没法打穿NCAM的门板和墙壁吧……”

听到稔的回答，奥利维耶顿时停下了右手的转笔动作，说道：

“也是，他再厉害，正面突破应该也是没戏的。但是……”

自动铅笔又在他手上转了一圈，然后就跟烟雾一样，凭空消失了。稔惊得直眨眼。分割者向他展示空空如也的双手，带着一本正经的表情继续说道：

“很多红的能力就跟变戏法似的。液化者女士还能自由操控分子间作用力呢。这会儿再冒出来一个能穿透厚重混凝土墙的人，我也一点都不觉得稀奇。有这样一个家伙帮刺击者的忙，也是完全有可能的，不是吗？”

“话……话是这么说……呃，你先告诉我，刚才那支自动铅笔上哪儿去了啊？”

稔实在好奇，就直接问了。只见奥利维耶装模作样地举起右手，把手伸进了稔的连帽衫的帽子里。等他把手抽回来的时候，手上便多了一支跟眼镜同色的自动铅笔。稔又惊得眨了眨眼，一旁的由美子却大声叹了口气，生怕稔听不见。

“把笔藏进袖口是奥利维唯一会耍的魔术了。现在这么捧场啊，以后保证你看到烦。”

“啊，这话过分了啊，小由子。我告诉你，我正在开发新招式呢。”

“好好好，我好期待哦。总而言之……第三眼宿主的能力的确是千差万别的，一味扩大假设也没有意义啊。按这个思路，我们岂不是要担心‘会不会出现能一招毁灭地球的宿主’了啊。我们能做的……不对，是我们‘应该’做的，就是追查、捉拿已经识别出来的深红之眼。做各种推测，那是领导的任务。”

虽然说得斩钉截铁，但由美子随即轻叹一声。

“不过那群领导……也就是政府内部的‘3E会议’，我也不确定他们有多可靠就是了。”

“3E会议”这个词，稔已经听到过很多次了，但他对会议的具体情况依然知之甚少。机会难得，他决定打听一下。

“那个会议，具体有哪些人参加啊？”

听到这话，由美子跟奥利维耶对视了一眼，然后同时耸了耸肩。

“连伊佐理理教授都不知道会议有哪些人参加呢。我猜啊，有SC1权限的冰见课长都不一定掌握了所有的情报。”

“啊？那……难道还有比SC1更高的级别吗？”

“虽然没有白纸黑字的规定，但大概是有的吧。眼下财政界的魑魅魍魉都围着第三眼问题转呢，尔虞我诈，各种扯后腿，所以政府到现在还没把深红之眼的存在公之于众啊。不过我觉得这事应该快瞒不住了吧……这个房间没有电视吗？”

由美子突然发问。稔摇头回答：

“没有……因为我不太看的。”

“我也不看，但新闻还是时不时了解一下比较好。”

说着，由美子从口袋里掏出智能手机，在屏幕上点了几下，然后把手机靠着笔筒放在桌上。手机正在播放的应该是民营电视台的新闻视频。只见女主播以拍到残破建筑物的录像为背景，用冷静的口吻播报：

“关于警视厅特殊部队在除夕夜对大田区京滨岛的民营仓库发动突袭一事，松久保官房长官在4日举行的新闻发布会上表示，有关部门在仓库内部发现了包括火箭弹发射器在内的大量枪械。官房长官对警视厅采取的行动表示认可，称该仓库是极端组织的窝点，犯罪分子极有可能正在酝酿恐怖袭击计划，危及在羽田机场起降的飞机。至于行动中有无人员伤亡，因为关系到安保机密事项，长官在今天的发布会上也没有透露相关的信息。”

“警视厅？”稔喃喃道，随即望向由美子问道，“呃……对京滨岛的仓库发动突袭的，明明是自卫队的‘别队’吧？为什么……”

“这就是为了控制舆论啊。”奥利维耶的脸上渗出几分厌恶，“要想出动自卫队，原则上需要总理大臣先下达防卫出动令或治安出动令，再提交国会批准。无论对面是恐怖分子还是外星怪兽都一样。可是自卫队成立以后，防卫出动令跟治安出动令都是一次也没下达过。在总理没有正式下令的情况下，自卫队的特殊部队在东京都内跟人火拼——这样的大新闻一旦曝光，舆论跟国会绝对要闹翻天的，内阁集体辞职是跑不了喽。”

“也就是说，政府没法说这次出动了自卫队，于是就改成了警视厅的特殊部队吗……那在现场找到了火箭弹也是……”

“也是瞎编的吧。据我所知，那仓库里除了简单的日常用品，就只有几台笔记本电脑了。”

听由美子说完，奥利维耶摊手说道：

“可不是，又不是Megaknock，在日本哪能那么容易搞到火箭弹啊。”

“……”

这句话里有一个没听过的词，稔推测那大概是游戏或动漫作品的名字，便没有深究，继续探讨正题。

“可是去执行任务的六位‘别队’成员都被刺击者害死了啊，他们肯定也是有家人的啊……当这项任务没有发生过，这也太……”

“政府大概准备瞒到底吧。估计再过几天，就会发布‘自卫队在训练期间突发坠机事故，有六人不幸牺牲’之类的消息了……简直太扯了，警视厅SAT用的直升机是贝尔412EP，除夕夜用的是陆自（**注：陆上自卫队**）的黑鹰，两种直升机长得完全不一样……”

“怎么能这样啊……”

稔喃喃道，盯着桌面的某一点看。

前天，他请伊佐理理教授告诉他，被刺击者害死的六名队员都叫什么名字——指挥官是中冈二等陆尉，下属队员是矢来陆曹长、富田陆曹长、尾见二等陆曹、野岛二等陆曹和牧三等陆曹。据说他们都是出自突击部队与特种部队的精锐，却不是稔这样的漆黑之眼宿主。他们虽然穿着天价战斗服，却终究是普普通通的人。为了保护无辜的市民，他们向深红之眼……而且是强大的宿主刺击者发起了进攻，最终却不幸丧生。准确地说，战斗还没有开始，队员们就成了刺击者生成的暗杀工具“刺虫”的牺牲品。

连至亲都无法得知他们的真正死因，天理何在？如果政府真的把国民的安全放在首位，难道不应该更早公开和第三眼有关的所有情报吗？最晚也该在特课成立的去年10月办妥这件事啊。当然，市民生活与经济活动会出现不小的混乱，但深红之眼是有办法分辨的，也是有办法“治疗”的。如果能引起全社会的广泛关注，枉死的人一定会比现在少得多。然而3E会议却因为“政府各部门在争夺主导权”这个完全不切要害的理由，始终向公众隐瞒关键信息。继续让他们掌舵，真的不会出问题吗——

“……不单单是‘别队’。”

由美子仿佛读出了稔的心思，如此说道。

“不单单？什么不单单？”

“我们特课也是一样的。如果我跟你死在了和深红的战斗中，我的家人跟典江姐也不会知道真相……至少不会正式公布吧。我也觉得这样不对，但现在只能服从命令啊。3E会议有一股势力，他们不光怕深红，连漆黑在他们眼里都成了危险分子。我们一旦做出脱离控制的举动，一定会有人提出，漆黑之眼也得做‘摘除手术’。”

“怎么能这样啊……到时候还有谁能跟深红作战啊！”

“‘别队’就是为这个成立的吧。我们在东京湾核电站见过的锦田队员和柿成队员是漆黑没错，但是据说‘别队’刚成立的时候，就有非宿主……也就是普通人被调过去了，队里好像也不全是漆黑。”

稔花了两秒钟，细细咀嚼由美子的讲解，然后轻声问道：

“也就是说……‘别队’打从一开始就是为了‘在不依赖第三眼之力的前提下应对深红之眼’而成立的部队，是吗？”

“这应该是最合情合理的解释了……新年头几天，教授不是一直都闷闷不乐吗？”

“啊？有……有吗？”

稔没想到由美子会这么反问，眨了眨眼才想起来。话说前天去特课的时候，教授使唤他组装暖桌来着。装完以后，她竟莫名其妙坐在了稔的旁边。稔也觉得教授那天跟他的肌肤接触格外多，原来那就是情绪低落的外在表现吗？可她闷闷不乐的原因又是什么呢？

稔将视线转向由美子。她一边把长长的直发一圈圈缠在手指上，一边说道：

“也许教授也不知道‘别队’派去京滨岛仓库的人并不是漆黑之眼，而是普通人。当然这只是我个人的推测。那天，教授把你跟小村同学在南青山的‘组织’据点拿到的数据交给了‘别队’，于是他们根据那些情报，派出一支穿着高性能战斗服的小队袭击了仓库。谁知早就潜伏在那里的刺击者发射了刺虫。刺虫透过战斗服的排气缝钻了进去，整个小队全军覆没……”

“可……可那也不是教授的错啊。”

“当然不是。但教授大概很懊恼吧，她觉得自己本该察觉到‘别队’……不，是指挥‘别队’的人的意图。那个人原打算通过除夕夜的突击行动，证明‘没有漆黑之眼也能对付深红之眼’，让特课无用论变得更有说服力。没想到他操之过急，酿成了最糟糕的结果，陆自的六名精锐惨遭毒手……只要把数据找齐，教授就一定能推导出正确答案不是吗？所以她肯定在想，‘如果我能考虑得再周到一些，说不定就能阻止这场悲剧的发生了’……”

“这也太……为什么她要这么……”

稔张口结舌，反倒是沉默了一段时间的奥利维耶幽幽道：

“那个小丫头啊，总想把难题都一个人揽下来。”

他双手交叉，垫在后脑勺，仰望窗外的冬日天空。镜片反射着微白的阳光，盖住了他的表情。

“……教授的思索力是很厉害。特课里净是些怪人，也只有她当指挥官才不会乱套。但教授的职责其实是在每次的作战现场指挥工作，至于要如何解决第三眼问题，那是3E会议该讨论的事情。都怪那帮人忙着搞无聊的权力斗争，才害得教授背上了很多原本不用背的包袱。”

他的语气和声音都很平静，可即便如此，稔还是感觉到了隐藏在分割者言辞深处的某种难以抑制的焦躁。而由美子的回应，却有些打诨的意思。

“原来你偶尔也是会说两句好话的啊。”

“喂喂喂，我这人基本上只说好话的好不好。是不是啊，阿稔？”

“你……就算你问我也……”

稔正要拒绝作答，却想起了一件事。

“啊，不过你说的那句话还挺经典的呢。就是那句……‘为什么魔王不能存档呢？’”

稔应该是在潜入“组织”据点的前一天，也就是12月30日听奥利维耶说出了这句话。当时，奥利维耶正坐在特课总部的大电视机跟前玩很久以前的角色扮演游戏。当他控制的小队因为操作失误全军覆没时，他直接退了盘，如此说道——主人公勇者死再多次，都能读档重来，可魔王不行，这样岂不是很不公平吗？所以只要全军覆没过一次，我就不会再打这个游戏了。

听到自己的“名言”从别人嘴里说出来，奥利维耶面露苦笑，好像有点难为情。

“啊……哎呀，这话我也说过……但我个人更希望你记住后面那些话。”

“我记得啊，呃……”

稔凭着六天前的记忆，几乎原封不动地复述了奥利维耶的那番话。

“——就算你把等级练到最高，自以为做好了万全的准备，只要在决战时稍微发个呆，还是有可能会全军覆没。追悔莫及的事时刻都有可能发生，而且很容易发生……对吧？”

听到这儿，奥利维耶眨了好几下眼睛，然后抿嘴一笑。

“你记性真好啊，阿稔。要考东大的男人就是不一样。”

“我……我没想考东大啊……”

其实我都不太想上大学，更想直接找份工作——稔不敢把这句话说出口，只能岔开视线，双眼却撞上了微微歪着脑袋的由美子。他下意识地把上半身往后缩了缩，战战兢兢地问道：

“怎……怎么了？”

“……空木同学，你原来就那么……”但由美子说到这儿就打住了，随后轻轻耸肩，换了种口气继续说道，“哦，没什么。别瞎聊了，赶紧动手做题吧，否则要做不完了哦，奥利维。”

“最先开始瞎聊的不是你吗……”

奥利维耶嘴上嘟囔着，却还是再次翻开了英语习题册。由美子也把桌上的智能手机塞回口袋，向新的方程式发起了挑战。

稔早就把作业做完了。为了不打扰他们，他悄悄后退，靠在床上，望向窗外。

今天的风有些大，但天气十分晴朗，羽毛般的卷云缭绕在浅蓝色的天空。走去荒川的河堤，一定能看到不少放风筝玩的小朋友。今年是2020年，日本终于迎来了奥运年，不过至少在埼玉这边，这个元旦过得跟往年没有丝毫区别。

而至今谜团重重的深红之眼“组织”就在那片天空下的某个地方蠢蠢欲动。从大井码头逃走的刺击者好像也在与“组织”为敌，但他的伤势一旦好转，就一定会再次现身。

稔悄悄举起右手，轻抚自己的脖子。刺击者的刺虫弄出来的伤口已经愈合了，不过肌肉还留有些许抽拉感。稔之所以能捡回一条命，是因为刺击者瞄准的是耳朵，而他当时碰巧戴着耳机，把耳朵堵住了。但“别队”的六名精英明明有最新的战斗服护体，敌人却利用了所有人始料未及的弱点——头盔的排气缝。刺虫通过排气缝入侵耳道，戳破了鼓膜。天知道在刺虫爆炸之前的那几秒钟时间里，他们品尝到了何等的恐惧与不甘。

杀害六名队员的是刺击者没错，但热衷于无谓的权力斗争的3E会议也要为他们的牺牲承担不小的责任。只要突击小队里有那么一个漆黑之眼……不找特课成员也没关系，让柿成队员或者锦田队员加入也行，只要有一个漆黑之眼在，也许就能凭气味察觉到刺虫的接近了。

“由美子同学……”

稔看准由美子解完方程式的时机，开口说道。

“嗯？”

“呃……能不能告诉我3E会议都有哪些成员啊？在你知道的范围内就行……”

听到这话，加速者眨了两次眼睛，然后微微耸肩道：

“我刚才也说了，连教授也没有可靠的情报。不过……你要是不介意听听我的推测，我倒是能给你列出几个名字来。”

“推测的也没关系。”

稔不禁探出身子，由美子却举起右手，用食指戳了戳他的左肩，把他推了回去。

“我接下来说的，你可不能告诉别人哦。还有，做笔记也不行。听明白了吗？”

“哦……哦。”

“首先，会议的领导人大概是相崎首相，另外几个很有可能参加会议的人是防卫大臣、警视厅长官、官房长官、外务大臣、财务大臣跟经济产业大臣，还有特课的老大厚生劳动大臣。至于在野人士，应该有五岐重工、久川重工、敷岛电机这些军工企业的大领导，再加上几个学者当观察员吧。”

稔把由美子报出的一连串名字深深刻在脑海中。

不，准确地说，由美子报的几乎都是职务名，唯一的例外是第九十九代内阁总理大臣，相崎格——他以“奔五”的年纪刷新了“战后最年轻总理”的纪录，是如假包换的英才。在上任近两年的今天，首相的支持率仍维持在百分之六十左右。稔对政治的关注度也就高一男生的平均水准，不怎么感兴趣，可即便是他，都能立刻想起相崎首相那落落大方的笑容，一看就是良家之后。

“3E会议是首相主持的吗？媒体一直说现在的内阁是傀儡政权，还说首相就是个摆设……”

稔如此喃喃道。给出回应却不是由美子，而是奥利维耶。

“说不定啊，就因为领导人是那位少爷首相，所以才半天讨论不出一个结果来。实际牵头的大概是防卫大臣，还有天上掉馅饼捞到特课的厚劳大臣吧……”

“为什么特课是天上掉下来的馅饼啊？”

“当然是因为原本在厚劳省当差的冰见大叔成了漆黑之眼啊。除了‘别队’的那两位，眼下大叔应该是在职公务员里唯一的漆黑吧。如果他不在厚劳省，而是农水省、体育厅的官员，特课肯定就设在那些省厅下面了。”

“冰见课长还没到‘大叔’的年纪吧……”

稔回忆起冰见课长那颇具军人气质的犀利容貌说道。奥利维耶却咧嘴一笑：

“他不是长得老，而是心态老。据说他从小到大都没打过电子游戏哦。真没想到30多岁的日本男儿里还有没体验过勇者斗〇〇跟最〇幻想的人啊。”

“那种人多得是，别按你的标准来好不好？”由美子一脸无语地吐槽，又将视线转向稔说道，“空木同学，为刺击者害死的人惋惜当然没问题，但你千万别钻牛角尖。因为我们只能在自己触手可及的范围内努力啊。”

“……嗯。”

稔深深点头。但与此同时，他又不由得想，我只想把这双手伸得再远一些，再远一些。

多亏稔的提点，由美子跟奥利维耶总算做完了数学和英语的作业，吃过晚饭以后便告辞了。到头来，他们还是没有接到NCAM的联络，看来院方今天也没有给凝结者做第三眼摘除手术。

稔帮忙收拾好碗筷以后回到房间，翻开数学教科书，准备提前预习第三学期的内容。换作平时，他总能立刻让注意力集中起来，今天却是怎么看算式都看不进去。这也许是残留在房间空气中的微弱甜香在作祟。因第三眼变得敏锐的感觉告诉他，那是来自两小时前身在这间屋子的安须由美子的香味。特课成员应该都没有用香水的习惯，所以那大概是洗发水的残香什么的。微不足道的残香，竟莫名地在他心中激起阵阵涟漪。

他站起身，把面朝阳台的窗户开到最大。1月的夜风凛冽刺骨，屋里的空气瞬间焕然一新。

“在触手可及的范围内努力啊……”

稔重复着由美子说过的话，轻轻举起右手，试着朝闪耀在头顶的无数星斗伸到极限，却只能痛感自己是何等渺小。

在小时候跟姐姐若叶一起看过的那些动画片里，英雄们为了守护世界浴血奋战。有守护地球的，也有守护全宇宙的。然而成为第三眼宿主以后，他也没给自己贴上“英雄”的标签。与深红交战的次数越多，他品尝到的无力感反而愈发强烈了。

——到头来，我只是别人的棋局中的一枚棋子吗？

他一边思索，一边用放下的右手关上窗户。

为叹气而吸进肺里的空气，已经没有方才的那种甜香了。

2

第二天,2020年1月6日，星期一。

埼玉县立吉城高中的寒假比全国平均水平略短一些，第三学期从这一天开始。典江也是今天开始上班，所以他在每天的例行晨跑之后还帮忙准备了早饭，收拾完碗筷以后才出门。

今天的天气跟昨天一样好，只是从荒川河堤刮来的北风实在冰凉。稔仔细系好围巾，跨上爱车。从家到学校不到6公里，他还没彻底放弃“跑步上学”的念头，无奈自己并不是田径队的成员，真干出这种事来未免太惹眼……一想到这儿，他就更下不了决心了。

说起“决心”……也是时候决定该怎么处理藏在房间抽屉里的那个厚重的信封了。

信封里装着233张万元大钞、4张千元纸钞和2个百元硬币，也就是2334200日元。当然，它们既不是假币，也不是什么非法收入，而是去年12月的报酬，是特课发给稔的。除了特课成员的基本津贴，还包括了拿下深红之眼咀嚼者与点火者、参与“组织”据点强行侦查任务的奖金，以及从东京湾核电站一号机堆芯回收完全自控型探查机器人“沉思者”的辛苦费，所以据说从这个月开始，信封会薄很多。可是对还在上高一的稔来说，光这一个月的收入，就已经让他不知所措了。

放在自己房间里吧，他实在是担心，真想尽早存到银行账户里。可要是典江看到了他的存折，就不是“会不会惹她担心”的问题了。再者，一个高中生带着两百几十万巨款跑去银行，工作人员说不定会直接报警。教授说,1月底之前会给他开好专门用来接收报酬汇款的机密账户，但稔实在没法悠闲自在地等下去。

“可也不能花掉啊……”

他顶着北风踩着踏板，轻声自言自语道。

买辆摩托车，以后去特课总部就方便了——这个异想天开的主意是由美子提的。从稔家所在的埼玉市樱区到特课总部所在的新宿区户山地区，走高速公路的确比换乘好几趟电车更快。可惜稔早已下定决心，不做一切引人注目的事情，他实在想象不出自己到处飙车的画面。要是骑摩托行驶在自家附近的时候碰巧遇到了同学，那可就麻烦了。

——我说你啊，你觉得全脸头盔是为了什么存在的啊?

由美子无奈的吐槽在脑海中响起，惹得稔不住摇头。戴头盔是为了在出车祸的时候保证自己的安全，才不是为了遮脸呢——他在心中如此反驳，同时加快车速。

稔穿过17号国道，一路向东，往新都心地区骑。左手边是一座大型购物中心。这一带的车道左侧设有专用的自行车道，骑起来很舒服。不一会儿，他与咀嚼者展开殊死搏斗的地方——埼玉超级竞技场的斜面屋顶映入眼帘。就在这时——

“啊，空木同学！”

听到有人在左侧的人行道喊自己的名字，稔险些下意识地握住刹车把手。确定身后没有其他自行车以后，他才放慢车速，骑上人行道。

伴随着轻快的脚步声，一个身穿运动衫，套着黄绿色防风衣，背着双肩包的女生向他跑来。

“早呀！”

对方笑着对稔挥手。他也微微抬手示意。

“早上好，箕轮同学。”

来人是吉城高中高一八班的箕轮朋美。最近，稔总算能平静地跟她对话了，但是像这样跟她面对面的时候，他还是会隐隐约约有罪恶感。因为就在一个月前，朋美遭到了咀嚼者的袭击，好在稔及时救下了她。然而此时此刻，朋美并不记得那天发生的事情——不仅如此，她连事后在医院跟稔进行的对话都不记得了。因为冰见课长用他的能力封印了和咀嚼者有关的所有记忆。

在接受封印处置之前，朋美对稔说，如果他们有朝一日再在荒川的河堤相遇，希望稔能再一次上前搭话。稔也没有食言，只是地点并不是河堤，而是学校的操场。打那以后，他跟朋美一直保持着“跑友”的关系。一个月过去了，可是朋美每次跟稔在一起，还是会偶尔露出难受的表情，仿佛她正在拼命回忆某些怎么都想不起来的事情。

“后遗症”应该不是永久的，可要是3E会议没有拖拖拉拉，一味隐瞒第三眼的问题，又何必封印朋美的记忆呢？她明明有一颗足够坚强的心，完全可以克服遭到咀嚼者遇袭时的恐惧。

这些念头在脑海中飞速闪过。与此同时，稔继续说道：

“谢谢你上次给了那么多年糕，味道很不错呢！”

“真的吗？你要是愿意，下次再来吃呀！”朋美破颜一笑，但随即露出过意不去的表情，双手合十道，“不过我得先跟你道歉呢，空木同学。前天、昨天跟今天都没能跟你一起晨跑……”

“呃……你也不用道歉啊，本来也没有约好……”

稔连忙摆手，可不知为何，朋美浮现出一丝不服气的神情，嘟囔道：“话是这么说啦……”

前一阵子，稔跟朋美相约“如果时间合适，要一起去荒川河堤晨跑”。只是早上往往很难定点出门（尤其是在冷到让人四肢麻木的隆冬季节），所以两人的约定也没有那么正式，实际一起跑的频率大概是三四天一次。上次一起去荒川河堤晨跑是1月3号的事情，而今天是6号，所以间隔根本没有大到要道歉的地步……

朋美还是带着难得一见的愁容，问道："可不可以陪我走一段，边走边聊呀？"稔回答："当然可以啊。"听到他的回答，朋美只笑了一下，然后就走到了人行道的右侧。稔也推着自行车走在她旁边。

谁知在接下来的半分多钟里，朋美一直保持沉默。稔顿时纠结起来，不知该主动发问，还是该耐心等她开口，无奈他实在太缺乏经验，无法得出最优解。要是他也有教授那样的力量，也许就能在遇到这种情况的时候做出最合适的选择了……不过，"思索"能力的范围有没有那么广呢？

就在稔琢磨这些的时候，总算有低声的呢喃从左边传来了。

"空木同学啊……我觉得自己最近……好像有点不对劲。"

"不对劲？"

稔反问道。朋美点点头，一头短发随之摇摆。

"嗯……我明明最喜欢跑步了……可最近却提不起劲来……"

"啊？"

稔不禁朝旁边望去，可惜朋美的侧脸被刘海和运动衫的衣领挡住了，看不清她此刻的表情。他只能将视线转回前方，问道：

"可是三天前跟你一起晨跑的时候，我完全没感觉到啊。我还觉得你肯定跑得很痛快呢……"

"唔……咬咬牙跑上一两公里吧，心情就会慢慢好起来。那天也是这样的……"朋美的声音好像拾回了些许爽朗，谁知好景不长，在一声长叹之后，她用低沉而嘶哑的声音继续说道，"但跑起来之前特别难受……比如换衣服之前啦，穿跑鞋之前啦，出门的时候啦，总觉得心情特别沉重，会下意识地想'要不今天就不去跑了吧’。其实前天跟昨天，我就是因为这个念头偷了懒……见到你那天，我也在玄关口坐了好几分钟，纠结了好久，所以出门才晚了。”

“原来是这样啊……”

稔轻声回答，暗暗琢磨起来。

稔并没有参加运动队，晨跑只是单纯的习惯。可即便是他，出发去晨跑的时候也需要下一点小小的决心。有运动习惯的人应该都是这样的吧。运动的确很辛苦，“不想受累”也是人的本能反应。

问题是，朋美这个级别的运动健将居然不仅出现了抵触心理，还真的取消了晨跑计划。稔觉得这可能不是个小问题。照理说，自制力、义务感和奔跑带来的爽快感肯定能压过“不想跑”“好麻烦”之类的负面情绪，朋美这些年也一定是这么坚持下来的。

“唔……你的身体没出问题吧？有没有觉得哪里痛啊……”

这是稔最先想到的原因，但朋美轻轻摇头道：

“没有啊，身体好着呢……只要跑上一会儿，就能跟原来一样痛痛快快地跑了。全身上下都没有觉得痛的地方，成绩也没有下滑……”

“那……是不是因为快要参加比赛了，压力比较大……”

“应该也不是因为这个吧……我们社不练长跑接力的，所以下一场比赛是4月份的事情……而且我跑步的时候从来都不会考虑比赛的……”

“这样啊……”

那会是什么原因呢？稔绞尽脑汁，拼命思考。谁知不等他说出新的推论，朋美便轻轻拍了拍他握着自行车把的左手。

“对不起呀，空木同学，净找你商量这些乱七八糟的事情。

我大概就是碰到了个小低潮吧，别担心。”

“嗯……只要你愿意，我随时都可以陪你聊的。有烦心事尽管联系我，不用介意时间的。”

稔好不容易回出一句像模像样的话来。朋美微微一笑，点头说道：

“多谢啦！明天早上应该没问题的，一起去晨跑吧！哎……我干脆跑去学校好了。你也上车吧！”

“呃……”

稔犹豫了一下，可推着自行车怕是很难跟上朋美的速度。无奈之下，他跨上自行车，转头望去。只见朋美带着笑容跑了起来，于是稔踩着自行车跟在她右后方。在人行道上骑车是违法行为，要是被警察抓了，就找3E会议帮忙疏通好了。

稔一边在脑海的角落里胡思乱想，一边关注朋美的跑步姿势。她的动作并没有什么别扭的地方，鞋跟敲打地面的声音也跟以前一样轻快。正如她本人所说，如果真有问题，那一定是心理层面的，而不是机体层面的，光是这么看两眼的话，恐怕很难找到症结的所在。

是不是应该问得再仔细一点呢？然而，稔有些犹豫，不敢进一步拉近跟朋美的距离。她总有一天会忘记自己……不对，是“被迫”忘记自己。无论从哪个角度看，跟这样一个人加深友谊都不是什么有诚意的举动。

稔深吸一口冰凉的空气，推开没有结论的迷茫，望向前方。超级竞技场的银色屋顶反射着冬日朝阳，闪闪发光。

进校门后，稔就和朋美分开了。他先去车棚停车，然后走进高一一班的教室一看，有二十几位同学比他到得更早。比起三三两两聚在一起聊天的，坐在自己的位置上翻单词本、习题册的学生更多。

升入吉城高中以后，稔在很多方面都是大开眼界，比如“开学第一天也要正儿八经上课”。第一节课的时间被开学典礼和班会占用了，但是第二、第三节课都是正常上的，中午就放学。当然，从第二天开始就是照常上到第五节课了。

稔和同学们才高一，高考离他们还很遥远，不过高三的学长学姐们将在下周参加全国统考。也许大家是被考生的紧张感传染了，教室里的气氛仿佛也比平时更加严肃。不过稔入学以后，一直是在早上自己看单词本的，所以在窗边靠中间的位子坐稳以后，他便立刻背起了单词。谁知随手翻到其中一页，写在上面的惯用句竟是【once in a blue moon】，这让他不由自主地想起了昨天的学习会。

由美子被高次方程搞得一个头两个大，但她的英语好像很好。还记得她一边翻看稔自己做的单词本，一边斩钉截铁道：“我说你啊，与其用这种东西死记硬背，还不如对照英文字幕看看外国电视剧，或者直接找个外国人练口语，这样学得更快哦。”

——话是这么说，可我周围哪来的外国人啊？

稔在心里反驳，继续翻本子。

不料他的注意力又一次被说话声分散了。而且这一回并不是根据记忆回放的声音，是真的有人在跟他说话。

“你就是空木？”

“嗯？”

稔抬头望去，只见一个男生正站在自己右手边的过道上。他的个子大概要比稔再高一点，一张潇洒俊秀的脸，略长的头发梳成中分，几乎没挡住额头。这张脸——稔好像有点印象，又好像完全没见过。自己完全没融入所在的班级，不过这都到第三学期了，所以他已经勉强对上了所有同学的长相和名字。

既然没想起来，那就应该是其他班级的了。

“是啊……”

稔一脸莫名地点头。只见男生把帅脸往右一歪，双手插兜，就吐出一个字来：

“哼！”

有什么好“哼”的？照理说其他班级有那么多男生，也就田径社的尾久昇也会跟他搭话了。究竟是什么引起了这个男生的注意呢？

想到这儿，稔猛地瞪大双眼，不动声色地用鼻子深吸了一口气。

有教室里特有的发蜡跟尘土交杂的气味，有女生散发出来的香水味，有周围的同学在喝的盒装果汁的气味，仅此而已，并没有能让人联想到野兽的那股味道。也就是说，眼前的男生不是深红之眼。“红”的气味在发动能力时最为强烈，但是离得这么近的话，就算不用能力，应该也能闻得出来。

稔放下戒心，缓缓呼出憋住的气。可中分男生貌似误读了稔的反应，脸上浮现出一抹浅笑。

“我就想看看你长什么样。抱歉打扰你用功啦，拜拜。”

他掏出右手，伸出两根手指，举到脸旁轻轻一挥，然后一个转身，大跨步横穿过教室，消失在前门。

“……”

——他到底是谁啊？

稔呆若木鸡，满头问号，没想到谜底竟以出乎意料的方式揭开了。

只见两个女生从教室前方小跑过来，两眼放光，连珠炮似的问道：

“空木同学，你认识波佐间同学啊？”

“你们是什么关系啊？”

稔哪里招架得住如此意外的剧情发展，好不容易才挤出一句：

“不……不认识啊，我第一次跟他说话……”

“啊？那他干吗特地跑到我们一班来啊？”

“我也纳闷啊……”

他一边回答，一边努力回忆这两个女生的名字。留着中长发，发尾稍稍往外翘的姓小嶋。剪了菱形的波波头，两侧蓬得几乎要违反校规的姓富丘……应该没错吧。

稔姑且先仰头望向小嶋，问道：

“波佐间同学是几班的啊？”

“就隔壁呀，二班。”小嶋刚答完，富丘立刻做了补充。

“超级聪明，英语也很流利，还有做读模呢。”

“读模……”

稔对流行时尚几乎全无兴趣，但连他都知道“读模”是“读者模特”的简称。虽然他对这种工作没有详细的了解，却也能推测出，读模大概并不仅仅是穿上漂亮的衣服让人拍两张照片就行的。

吉城高中的每个年级都有八个班，其中一班和二班是理科班，三班到八班是普通班。理科班的偏差值略高一些，光是跟上课业进度就很吃力了，还要兼顾模特的工作……稔是打心底佩服。

“……那我顺便打听一下，他到底有多聪明啊？”

他战战兢兢地问道。不知为何，富丘脸上竟有几分责备。

“你是真不知道啊？他每次考试都能进前10呢。”

“长得又那么帅，老天爷可真偏心啊。”

小嶋立刻带着陶醉的神情附和道。

别看这两位正在使劲发花痴，其实她们的成绩都比稔好。他平时再怎么努力，成绩始终徘徊在40名前后——两个理科班加起来总共是86人，这个排名也是挺不上不下的。但这两个女生应该都是排在30多名，“前10名”就更是高高在上的神仙了。

“为什么这么厉害的人要来找我啊？”

稔明明是在自言自语，波波头富丘却用食指对着他喊道：

“我们问的就是这个啊！”

“你……你问我，我也……”

就在稔无言以对的时候，他身后突然有人说道：

“喂喂，你们两个，别这么折腾空木啊。”

稔站起来回头一看，说话的是个男生。他留着大盖头……不，可能更偏“少爷头”。一副棱角分明到可怕的方框眼镜极具辨识度，再搭配那壮硕的体格，便释放出了相当强烈的存在感。

“波佐间也没长那么帅吧，是不是啊，空木？”

眼镜男说出一句让人很难同意的话，惹得小嶋和富丘反唇相讥。

“小田部，你说的这是哪门子的梦话啊！”

“你觉得你有资格对波佐间同学的外表评头论足吗？”

“哇，吓死人了——”

小田部一声怪叫，藏到稔的背后。他们的交流并不多，称不上“朋友”，不过小田部是文学社的，又坐在稔的后面，所以两人会偶尔聊一聊小说。于是稔只能出言安抚两位女同学：

“别生气啊，小嶋同学……富丘同学也别急嘛。我回头去找波佐间同学，问问他到底有什么事就是了。”

“空木同学，那个大盖头眼镜男根本不值得你袒护。”

翘毛的小嶋好像还在气头上，富丘却换了一副调皮的表情，

抬眼看着稔说道：

“其实吧，我倒是有一个猜想。”

“啊？是说波佐间同学找我的原因吗？”

“嗯嗯。我猜啊，他说不定是来挖你的星探！”

“星……星探？”

稔听得一头雾水，小嶋倒是用飞快的速度眨了几下眼睛，两手“啪”的一拍。

“啊……有可能！”

“对吧——！”

见两个女生莫名其妙激动起来，稔又战战兢兢地问道：

“呃……星探是什么意思啊？我可没有余力参加社团啊……”

“才不是社团呢，肯定是读模呀！”

富丘大声喊道。这回轮到稔一连眨三次眼睛了。

“……啥？读模？”

“嗯嗯，听说波佐间同学也是被他认识的模特带进圈子里的。说不定啊，他是想拉你呢！”

……啥？

稔好不容易才把这声惊呼拦在自己脑子里，其他话就一句也说不出来了，整个人都僵住了。连背后的小田部都把手搭在他的双肩说道：

“原来如此啊，因为空木还挺有气场的呢。”

“……我……我哪有那种东西啊……”

好不容易应了这么一句，小田部却以惊人的速度揉起了稔的肩膀，继续说道：

“别谦虚嘛。小空木，要是波佐间真的要拉你入行，记得带我一起入行呀！”

话音刚落，小嶋跟富丘立马翻脸了。

“你个四眼田鸡，开玩笑也要有个限度啊！”

“再多说一个字，我就把你的头发给剃了！”

“哇，那我岂不是更加万人迷了？”

天不怕地不怕的小田部如此回答，眼看着就要把两个女生气炸了。就在这时……

“不好意思，能不能请你们安静一点啊！”

一声大喝传来，惊得稔和身旁的几个人立刻闭嘴。在教室的其他地方闲聊的同学们也不吱声了。

稔往右边望去，只见在靠近走廊的那一边，有个男生站了起来。他也戴着眼镜，只不过是更有型的半框款，体格也相当消瘦，脸颊甚至有点凹。

他叫津森。在一班，他也是一个很有存在感的学生。每次大考，他的排名总是在班里名列前茅——这意味着他在全年级都是排得上号的，甚至有可能是整个埼玉县数一数二的优等生。他经常公开表示，他要一次性考上东京大学理科三类，也算是个绝代人杰了。也正因为如此，他的性格有点神经质，所以稔平时都小心翼翼的，生怕一不小心刺激到人家。只怪今天早上发生的事情太出人意料，以至于他忘记了教室里还有个津森在自习。

黏在背后的小田部貌似也有点怕津森，只见他迅速后退，消失在教室后方。小嶋跟富丘虽是一脸不悦，却也没有回嘴，只是轻声说了句“回头再聊”就走回了自己的座位。

见落单的稔轻轻低下头，津森用鼻子狠狠出了口气:“哼！”然后才坐回椅子上。稔能感觉到紧绷的空气稍稍放松了一下，便也坐下了。他再次拿起单词本，无奈彻底溃散的注意力迟迟没能重新集中起来。

他收获了一些关于波佐间同学的情报，但他究竟是为了什么来找自己的呢？整件事依然迷雾重重。稔并不觉得他的来访与第三眼有关，不过还是提防着点比较好。“漆黑能闻出深红，深红也能闻出漆黑”不过是用经验总结出来的规则，其中的原理还不得而知。谁也无法排除波佐间是“能隔绝深红之眼气味的宿主”的可能性。可如果真是这样，那他又为什么要特地跟稔接触，暴露自己的长相呢？简直莫名其妙。

呼……稔轻叹一声。这一回是说什么都得集中精力背单词了。

没想到真相大白的时刻来得格外早，揭秘的方式也再一次出乎了稔的意料。

吉城高中的理科班会在每个学期的期末考试结束后，再挑一个临近本学期最后一天的日子举行所谓的“水平测试”，只考数学跟理科（高一是数学跟生物）。考题难得仿佛是在故意刁难，于是大多数学生都只能以惨淡的心情迎接假期的到来。

等到假期结束，办完开学典礼，老师才会在接下来的班会上分发考卷。这不，走进教室的班主任间野老师（男，40多岁，教数学）草草寒暄了几句，便掏出1叠卷子，一脸坏笑地说：

“下面就是大家最期待的发考卷环节了——”

话音刚落，教室里便充满“可恶”“谁要啊”之类的喊声。谁知野间的下一句话，让大家瞬间闭嘴了。

“在那之前……空木，Stand Up！”

“啊？”

稔瞠目结舌，教室里的所有人都盯着他看。他差点在条件反射的驱使下展开防御壳，好不容易才在最后关头忍住。

我闯什么祸了？稔拼命回想，却毫无头绪。

稔盯着间野那张白皙的脸看了好久，都读不出任何线索，只能服从指示。

间野摆了好几秒的架子，才说出这么一句话来：

“空木，你是真的用功了啊。这次的水平测试啊，高一全年级名次升得最快的就是空木了。”

“……哈？”

听起来有点傻的回应瞬间淹没在同学们的骚动中。稔瞠目结舌，间野却继续说道：

“两个科目的总分排第11名……这个名次已经很了不起了，但更值得夸奖的是，你的生物居然考了99分，全年级第1啊。当然啦，老师我更希望你在数学上加把劲啦。”

间野咧嘴一笑，整间教室顿时被惊叹声笼罩，随即传来一阵不那么热烈的掌声。

这样的状况是稔从未经历过的，他真想大喊一声：“怎么可能啊！”却只能拼命忍住。

照理说，他也的确不可能考出这样的好分数。吉城高中理科班的考试总是很难，按稔的水平，再怎么拼命学习，也只能勉强到平均分。再加上12月的水平测试刚好安排在大战点火者的几天后，害得他没能好好复习。虽然考试当天，他也感觉自己明明没复习到位，却发挥得不错，该写的都写上了，可他完全想象不出自己如何能考出99分这样的高分。

话虽如此，他总不能当场抗议“一定是哪里搞错了”，只能轻轻低下头，如坐针毡。

万幸的是，间野没有再拿稔的考分做文章，用手势示意他可以坐下了。稔松了口气，没想到才坐下，身后的小田部就戳了戳他的背。

“搞什么嘛，空哥，我还以为咱们是平均分兄弟连呢，你是什么时候猛啃书的啊？”

——你从没喊过我“空哥”吧……

稔在脑海中喃喃道，本想轻声回一句“都是碰巧蒙对的”，但间野又开始说话了，于是赶忙把身子扭回来。

“还有一件事，这就不是什么好事了……”说到这儿，数学老师停顿片刻，把1摞答卷放在讲桌上，用双手按着，“这次考试啊，有几位平时成绩很好的同学掉了不少名次。回头你们去看看贴出来的排名就知道了，所以老师就不点名了。状态这个东西嘛，是个人都会有起伏的，但很多错误都是粗心大意造成的，这样下去可不行啊。为了不在重要考试里留遗憾，一定要掌握主动控制注意力的方法……好了，叫到名字的同学上来拿考卷吧。”

间野是按学号喊的，每次有人被叫到，都能听见椅子嘎哒作响。第3个被叫到的稔接过两张考卷，正想以最快的速度回到自己的座位。可就在这时——

“咦？”

他忽然感觉到了某种类似于压力的东西，不禁停下脚步。在迅速环视整间教室的过程中，他的视线撞上了坐在靠走廊那侧的一个男生。

津森——就是那个课前嫌稔他们太吵，吼了一嗓子的男生——他抬起一双透着凶光的眸子，越过半框眼镜瞪着稔，脸色也是异常苍白。

稔连忙岔开视线，继续往回走。可津森的视线始终戳在他的左脸上。他的视线是如此尖锐，以至于稔明知不可能，却不由得怀疑起对方是不是深红之眼了。

当稔回到座位坐好的时候，津森的视线也被挡住了。在那一刹那，他下意识地长舒一口气。呼……

津森之所以瞪他，十有八九是因为他这次考得很好，被老师表扬了，可稔觉得这反应未免也太夸张了一点。自入学以来，津森每次都能考到全年级前三，这次肯定也不例外。就算稔的生物考了第1，总分也才11名而已，津森又何必如此介怀呢？

稔又叹了口气，摊开老师发回来的考卷。数学考了82分。按稔的水平，这个分数也算是超常发挥了。不过生物是真考了99分。那1分到底扣在哪儿呢？稔扫视整张考卷，才发现自己不小心把“三磷酸腺苷”写成了“九磷酸腺苷”。生物老师在旁边用红笔写了一行批注：“这里没写错就是满分了！世上没有这种物质！”

这让稔不禁苦笑——不对，这可不是能一笑了之的事情。生物教科书跟线上百科里的确找不到九磷酸腺苷（ANP），但它的的确确存在于现实世界中。说得更准确些，是存在于稔的体内。神秘寄生体第三眼能合成ANP，赋予宿主超乎常人的体力。但关于第三眼的所有情报都被划入了特定机密的范畴。要是他一不小心在答卷上写了这个词的事情暴露了，警察说不定会把他抓起来……就算被逮捕的可能性不大吧，“挨伊佐理理教授的骂”还是有可能发生的。

稔在心中告诫自己，从下一次考试开始，复查一定要再仔细一点，站在漆黑之眼的角度看，这也是非常必要的。然后他从课桌里拿出常备的透明文件夹，把两张答卷装进去，再把文件夹塞进邮差包。

对无比讨厌“受人瞩目”的稔来说，“理科班第11名”这个名次带来了更多的困惑，而不是喜悦。不过一个谜团也因此解开了——今天早上，那个叫波佐间的学生之所以会跑来看看稔长什么样，当然不是因为他想拉稔进时尚圈，而是这个名次在作祟。他提前通过某种渠道得知稔的成绩蹿得很快，于是就来看看这个进步神速的家伙到底是何方神圣了。

虽然稔不太能对这种心态产生共鸣，但这种解释比“读模理论”有说服力得多。小嶋跟富丘算是白兴奋了一场，不过事到如今，她们应该也想通了吧。稔轻叹一声，靠在椅背上。就在这时，后方的小田部又发话了。

“空哥，说真的啊，要是波佐间那家伙找你上杂志，别忘了叫上我啊。我最近突然对时尚感兴趣了，正想多学点东西呢。”

“呃，你想多了吧……”

说出这句回答已经用尽了稔的全力。

第二节课（英语）和第三节课（地理）上得风平浪静，都没被老师点名。第三学期的第一天就这样结束了。

从明天开始就要每天上足五节课了，所以这半天的休息弥足珍贵。要不去图书馆自习，彻底赶走过年带来的慵懒？还是来场阔别已久的长跑？稔边想边走出教室，却发现走廊上围着一小群人。

原来，水平测试前20名的名单被贴在了一班跟二班之间的墙壁上。因为这次考试跟11月底的期末考试不一样，只考理数两科，照理说关注度不会那么高的，稔却觉得围着名单的人比平时还要多。

如果班主任间野没搞错，稔的名字应该也在名单的正中间。这是他第一次闯进“光荣榜”，恐怕也是最后一次了，所以他也不是不想看一眼留个纪念，但转念一想，还是找个没人的时候再看吧。就在他打算快步穿过走廊的另一侧时——

“你不去看一看吗，空木同学？”

耳熟的声音从身后传来。稔连忙回头望去，只见站在窗边的正是将一头清爽的头发梳成中分的帅哥——二班的波佐间。

跟稔视线相交后，他露出没有恶意的微笑，说道：

“这次的名次表很有意思哦，说不定是吉城高中理科班有史以来变动最大的一次呢。”

“嗯？”

稔没听懂这话的意思，皱起眉头。波佐间朝他走近一步后低声说道：

“入学后稳居榜首的那几位全都落榜了……好比一班的津森同学啦，还有二班的和田同学跟北中同学。而进步神速的人只有一个，那就是你啊，空木同学。”

“平时成绩好的……都落榜了？”

稔喃喃道。波佐间浅笑道：

“是啊，其实11月的期末考试已经有点苗头了，但这次的结果实在太惊人了，听说老师们还开了一场临时大会呢。”

你怎么连这种事都知道？稔愣是把这句话咽回肚里，换了另一个问题。

“我听说你也是雷打不动的前几名啊……你的名次也有变动吗？”

听到这话，波佐间的笑变得更深邃了。他瞥了眼贴在人群深处的排名说道：

“这个嘛，你自己去看看就知道了——我很期待今后跟你的相互切磋哦。拜拜。”

波佐间撂下这句话，横着挥了挥两根手指，朝楼梯走去。

——这人到底想干什么啊？

稔在心中自言自语。犹豫片刻后，他还是走向了人群。名次表用的纸不是很大，但不用拨开人群，第三眼强化过的视力也能让他毫不费力地看清纸上的文字。

从20名一路往上看，11名那栏的确写着稔的名字。他立刻将视线移开，继续往上看。正如波佐间所说，跟期末考试时相比，前10名的阵容好像有很大的变化。那么谁成了年级第1呢？稳定睛一看——

在名次表的第一行，分明印着字体略大的五个字，波佐间秋利。

3

稔骑着爱车出了校门，但他的目的地既不是家，也不是图书馆，而是埼京线的与野本町站。他想找不在吉城高中上学的人聊一聊波佐间在自己心中留下的疑问……说那是“不快感”也行。而他唯一想到的，就是特课的伙伴们。

他沿着学校不远处的大型购物中心“cocoon city”旁边的马路往西骑，骑到尽头的十字路口下车，推车走上横跨JR高崎线和京滨东北线的天桥。这座桥宽10米，全长180米，还是有一定规模的，人称“大宫矛杉桥”。纯白色的拱门和种在桥上的四照花很是养眼。

要从铁路西侧去往吉城高中，这座桥几乎是必经之路，所以近一年来，稔也是每天早晚都要来这儿走一遭，不过放眼他的整条上学路线，这一段算得上是景致最好的了。尤其是放学的时候，每次走到这里，都能仰望矗立在夕暮中的超级竞技场。虽然与咀嚼者的殊死搏斗为这座建筑增添了几分带有血腥味的记忆，但稔依然觉得，在矛杉桥上看到的是超级竞技场最动人的一面。

他望着那座形似宇宙飞船的银色建筑，眼看着就要走到天桥中央的展望区了。突然，他皱起眉头。因为冰凉的北风中，好像有一种特殊的气味刺激着他的鼻孔。不像金属，也不像生物。这种气味是——

稔松开抓着车把的手，用力往后跳，几乎跳到了天桥的扶手边。爱车倒地，发出“咣当”的响声。周围的行人齐刷刷地转过头来。见稔摆出警觉的姿势，大家纷纷露出讶异的表情，然后就各走各的了。

但是在人群中，只有一个人影纹丝不动。

那人在天桥中央的四照花后方，倚靠着另一侧的扶手，个子比稔略矮一些，身着长大衣，帽子拉得很低，所以看不清样貌。

穿着连帽长大衣的深红之眼。

刺击者。

在这个代号闪现于脑海的瞬间，稔迅速深吸一口气，展开“防御壳”。所有的噪音与北风的冰凉都消失了，取而代之的是回响在远处的，有节奏的低音。轰——轰——身体向上浮起数厘米，视野中的色彩也蒙上了一层蓝色。

虽说防御壳是肉眼看不到的，但是在有众多行人的地方使用第三眼能力的风险依然不可小觑。然而，情况容不得丝毫犹豫，因为刺击者的“刺虫”一旦侵入体内，靠自己的力量将它取出的可能性就微乎其微了。

稔带着防御壳，将视线聚焦在疑似刺击者的人影的脚边。大衣的衣角在风中摇摆，露出一双纤细的脚。即便是第三眼宿主，恐怕也没有再生断肢的本事，所以那应该是义足，只是单看外表无法下定论。不过他既然像三天前宣告的那样再次出现在稔的面前，那就说明他要夺回的东西果然是自己的右脚吗？可是稔显然没有带着那种东西到处跑，难道他看不出来吗？再说了，为什么刺击者会出现在这里——

就在他想到这里的时候，穿着大衣的人影动了。

在无声的世界中，他径直朝稔走来。战栗和不对劲的感觉同时袭来。刺击者的三种能力——刺虫、导弹虫和线虫都是远程武器，照例说他应该不会主动接近还没有失去战斗能力的敌人啊。

还有一个不对劲的地方。虽然稔跟外界隔着一层浅蓝色的滤镜，视野不是很清晰，但他感觉大衣的颜色也跟之前看到的不一样。刺击者总是穿着鲜红如血的风衣，衣服本身就跟有生命的活物一样，可眼前的神秘人物穿着的大衣貌似是深灰色的。

即便如此，稔还是不能放松警惕。如果对方继续接近，他必须做好充分的准备，使出对刺击者唯一有效的自杀式攻击手段——在不收起防御壳的状态下控制住敌人，然后再让壳“爆发”。

稔双腿开立，稍稍举起双手。

而穿大衣的人几乎在同一时刻停在了两米开外的位置，做了一个稔始料未及的动作。只见对方用戴着手套（厚得出奇，大概是滑雪手套）的左手，把帽子往后一撩。

“啊？”

防御壳内部响起一声惊呼。稔甚至没意识到自己毫无防备地喊了出来，只顾着凝视对方的面容。

那应该……不，那绝对不是刺击者。来人戴着偏大的黑框眼镜，梳着两条朴素的麻花辫，怎么看都是个普通的女高中生。

但危机仍未过去。因为站在稔眼前的这个人，从某种角度看也许是比刺击者更危险的敌人。因为她是已知的深红之眼中最强大的一个，也是敌对团伙“组织”的重要人物——液化者。

“老实本分的女高中生”与“美貌的职场精英”——有这样两张面孔的深红之眼任寒风吹拂她的辫子，目不转睛地看着稔。戴着滑雪手套的双手无力地耷拉着，感觉不出她有进攻的意图，但是像她这样本领高强的第三眼宿主完全有可能在零点几秒的时间里从呆立状态切换到进攻状态。

但与此同时，液化者要是不采取进一步的行动，留给她的也是一个死局。她的能力的确可怕，能将包括人体在内的所有固体和半固体变成液体，可她偏偏无法液化稔的防御壳。这一点她应该也是知道的，那她为什么要直接出现在稔的面前呢？

——是声东击西吗？难道附近潜伏着能对付防御壳的深红之眼吗？

稔的直觉得出了这样的结论。于是他心想，为了躲避敌人的突袭，是应该撒腿就跑，还是干脆翻过背后的扶手，落到铁轨上呢？谁知他还没来得及执行任何一个选项，液化者就抢先开口了。

对方大概也知道稔听不到声音，只见她做了几个明显的口型，每个动作都很慢，试图通过唇语表达自己的意思——

有话跟你说。

“……说话？”

稔愣了一下，然后迅速观察左右两边的情况。目前周围并没有疑似液化者同伙的人影。他再次凝视液化者，沉吟道：

“事到如今，还有什么好说的……”

液化者曾企图在南青山将特课成员一网打尽。三天前在大井码头对战刺击者的时候，稔被逼无奈与液化者站在了同一战线，但双方的立场还是跟原来一样。深红之眼会滥杀无辜，而漆黑之眼必须阻止他们。这种绝对的针锋相对，绝不是对话能够化解的。稔花了一个多月才真正理解了这一点。

然而，液化者仿佛完全看透了稔心中的愤怒，双眸依然紧盯着他，继续动嘴——

求你了。

“……”

稔咬紧牙关，拼命让自己冷静下来。

整件事是个圈套的可能性依然很高。但稔的确有一个问题想要问液化者——他也非问不可。这个问题就是，为什么她会在这里蹲守？如果“组织”已经查到了他就读的学校，还有他家的位置，那就得立刻请特课把典江保护起来了。

他又花了好几秒才下定决心，把手伸进切斯特大衣的口袋，掏出特课牌可视光无线耳机和配套的麦克风兼扩音器。把耳机戴在右耳，再次确认四周没有可疑人物之后，稔在一瞬间解除了防御壳，将麦克风丢到脚边。直径3厘米左右的黑色圆盘上装有橡胶带，怎么看都是个手表。接着他再次展开防御壳，对准麦克风轻轻一踢，让它在地砖上滑行。

等液化者用戴着滑雪手套的右手捡起麦克风，稔才开口说道：

“你有什么话要说？”

右耳佩戴的耳机的内置麦克风将声音转化为光信号，通过透明棒状部件内侧的LED发送出去。液化者手上的麦克风的接收器会将光复原为声音，播放出来。

液化者稍稍动了下眉毛，然后把麦克风举到嘴边。温和而平静的声音涌入稔的耳中。

“先换个地方吧？这里太惹眼了。这个麦克风也一直在闪。”

由于通讯使用的是可视光，耳机和麦克风的闪动是不可避免的，但不可否认的是，它们的确很惹眼。马上就是下班高峰了，到时候说不定会有吉城高中的学生，甚至是认识稔的同学路过。万一箕轮朋美正巧经过，还上来搭话，后果不堪设想。

“……好。但谈话地点由我来选。”

“那是当然。”

液化者点了点头。稔又提了一个要求：

“还有，我的车得请你推着走。带着壳不太容易抓住车把。”

“……行啊。”

液化者耸耸肩，把麦克风的橡胶带套在军装大衣的左侧袖口上，扶起稔的自行车。

“然后呢，去哪里？”

“……”

稔虽然提出要由他指定谈话地点，但这里毕竟是埼玉新都心的正当中，哪能那么容易找到没有人的地方呢？他拼命回忆，好不容易想到了一处候选。

“……这边走。”

见稔迈开步子，液化者便推着自行车走到他身旁。周围的行人会如何看待这幅画面呢……稔差点琢磨起这个问题来，赶忙让思绪刹车。局势依然一触即发。现在可不是开小差的时候。

他选定的地点，是超级竞技场背后的室外露台。正面入口所在的那一侧直通商业设施“榉树广场”，人流量很大，但背后什么都没有，所以应该不会有人特地绕过来。

先走下矛杉桥，让液化者把稔的自行车停在人行道上，再爬楼梯上到超级竞技场的背后。室外露台果然冷清，放眼望去，视野中别无他人。

“原来如此，这地方不错。密谈约会两相宜。”

液化者环视绿化丰富的露台，说出这么一句话来。但稔没有慌乱，左耳进右耳出。

“有闲心开玩笑，不如先回答我的问题。”

“……行啊，你问吧。”

液化者点头回答。稔正视她的脸，质问道：

“你怎么知道我会路过那座桥？”

“这的确是个不容忽视的问题。不过你放心吧，我对你的隐私一无所知。”

“那你为什么能……”

“关键就在这儿。”液化者边说边指向耸立在露台南侧的超级竞技场外壁，“一个月前，深红之眼的咀嚼者死在了这里。我个人对他完全不感兴趣，但出于立场，我一直都有跟踪他的动向。咀嚼者的死因是头部损伤与烫伤，确切地说，他是整个脑袋被炸飞了，然后全身都被汽油烤了一遍……”

“等……等等！你怎么会知道得那么详细？”

“不好意思，我不能透露更多了。你只要知道‘组织’的谍报能力也不赖就是了。总之……我通过咀嚼者的死因推测出，干掉他的人就是你，小朋友。特课的装备再好，也不可能在这样的闹市区使用大型枪炮或爆炸物。我猜啊，咀嚼者大概是想用他引以为傲的牙齿咬碎你的盾吧？结果非但没咬碎，头还被自己的肌肉力量给炸飞了……”

液化者的描述是如此精准，就好像她亲眼见证了那一幕似的，让稔不禁发了一会儿愣。虽然很快回过神来，但他觉得事到如今再否认也是徒劳，便点头道：

“没错。他特别执着，说什么都要咬碎我的防御壳，以至于最后他把整个头部都变成了用于咀嚼的肌肉，连大脑也……”

“真是个愚蠢的男人……既愚蠢，又可悲。”液化者轻轻摇头，再次望向稔，“反正我推测出，你是在这儿跟咀嚼者对战的。而且在那个时候，你应该还不是特课的成员。那就意味着你应该是在自己的生活圈内碰到了咀嚼者。于是我一直蹲守在那里，等你在这一带出现。”

“啊？就凭这些？你到底等了几天啊？”

“强大如我，也足足躺了一天没法动弹，所以蹲守是从昨天开始的，到刚才也就不到两天吧。”

“没法动弹？”

稔歪起脑袋，但他很快想起，液化者在对抗刺击者时应该受了重伤。即便是第三眼宿主，此时此刻能下床活动也足以让人称奇了。

“已经……不要紧了吗？”

他下意识地问道。液化者微微苦笑，抬起左手回答：

“这只手的骨头还断着，外加肾脏出血，双手全是裂伤和烫伤，不过没有大碍。”

“难怪你戴着手套……”

“嗯，因为手上缠着绷带啊。真是太丢人了。”

“是那家伙的能力强过头了。”

这句话脱口而出以后，稔才意识到这么说就像是在安慰液化者似的，连忙清了清嗓子糊弄过去。总而言之，如果液化者刚才的解释是真的，那就意味着她还不知道稔叫什么名字，也不知道他在哪儿上学，家住何处。校服的纽扣上有浮雕花纹，是吉城高中的校徽，好在所有的扣子都被围巾和大衣挡着，校服本身又是随处可见的男款学生服，光凭这一点应该很难锁定目标。

“好，我知道你是怎么找到我的了。那……你要跟我谈什么？”

“总算能进入正题啦。”

液化者将举着的左手贴近嘴边，对固定在手腕上的麦克风轻声说道。颜色浅薄的嘴唇一有动作，麦克风内嵌的LED便迅速闪烁起来。

“我要谈的当然是凝结者。我想要关于他的情报。”

“……”

其实早在液化者用唇语表示“有话跟你说”的时候，稔便隐约猜到了她的意图。

在大井码头的战斗中，液化者竟恳求稔出手搭救快要被刺击者杀死的凝结者。要知道稔可是她的敌人啊。当时她自己也身受重伤，匍匐在地，却带着拼命的表情，用拼命的口吻对稔说自己也有想保护的人。

稔答应之后，液化者便切断了捆住稔的线虫。在那一刻，她好像已经筋疲力尽了。谁知战斗结束后，她竟忽然消失了。那是1月3日晚上的事情，所以如果她刚才没有撒谎，就意味着她1月4日一整天都卧床不起，昨天才来到矛杉桥蹲守，直到今天。这一切都是为了跟稔接触，查明凝结者的下落——不，恐怕她的目的不仅于此。

“你想要的只是情报吗？”

稔冷冷地反问道。液化者眨了两下眼睛，脸上浮现出淡淡的微笑。

“的确，情报总得派上用场，否则还有什么意义啊……我想救出被特课——不，是被政府的3E会议囚禁的凝结者。在他被杀掉之前。”

她的表情和语气都很克制，可即便如此，稔还是能感觉到她的双眸深处有无比坚定的决心。她已经做好了思想准备，无论付出怎样的代价，都一定要达成目的。

稔甚至不记得自己还披着防御壳，下意识地把一只脚往回缩了缩。但他使出浑身解数逼自己停下，反驳道：

“他……应该不会死的。特课会在抓到深红之眼之后摘除他们的第三眼，抹去相关的记忆，然后放人……这你总不会不知道吧？”

“有些个案的确是这么处理的，但也不是百分百都按这套流程走。而且你不觉得就算他们被释放，到头来也是一样的吗？”

“这话是……什么意思？”

稔皱起眉头问道。液化者靠进一步，举起戴着手套的右手，按在自己的胸口回答：

“第三眼以宿主的‘心理创伤’为食粮，让常人拥有超常的能力。宿主一旦死亡，它就会脱离人体，从哪里来就回哪里去……大概是宇宙的某个角落吧。不过做手术摘除的话，脱离现象同样会发生，但宿主并不会死。也许你们漆黑之眼坚信，那是拯救深红之眼的唯一手段……可事实真是如此吗？”

“那不是因为……没有别的办法吗？”

“你真的这么想吗？从某种角度看，接受处置的人是被剥夺了支撑他们活下去的心理创伤，只剩心头的窟窿，连绝望的资本都没有，浑浑噩噩地过日子……你觉得这种状态真的算‘活着’吗？”

“……”

一时间，稔无言以对，只得咬住下唇。

只剩心头的窟窿，浑浑噩噩地过日子。直到不久前，稔过的就是这样的生活。不，虽然他成了漆黑之眼，但他的人生也许并没有本质性的改变。他失去了父亲、母亲和姐姐，只能怀抱心口的空洞，蜷起身子过活，尽可能不在任何人的记忆中留下痕迹。

这种状态，真的算“活着”吗？

“可是……”稔也抬起左手，把手掌贴在胸口，仿佛是液化者的镜像，“人总得活下去啊。还是说，你觉得他们死了更好？你的意思是，特课不应该给落网的深红之眼做手术，也不该抹掉他们的记忆，而是应该把他们统统处死？”

“至少，我希望你们到时候能把我杀了。”液化者毫不犹豫地断言道，放下了胸口的右手。

“不过嘛，至于凝结者是怎么想的，我就不知道了……所以这是我的一厢情愿啦。我不希望凝结者死，也不想看到他变成一具空壳。我想赶在他被处置之前把他救出来。所以我无论如何都要搞到情报啊。”

黑框眼镜后面，是一双仿佛在燃烧的眸子，目光炯炯。稔拼命直视她的眼睛，从嗓子里挤出沙哑的声音。

“……你都说到这个份儿上了，我怎么可能帮你的忙呢？”

“当然，我也没打算让你免费提供情报。”液化者的语气略有缓和，竖起右手的一根手指，“作为交换，我也能提供一些情报给你。首先……三天前逃跑的那个穿红大衣的深红之眼，我管他叫‘X’。我可以帮你们找到他的所在地。”

“啊？”稔才说过不会帮忙，此刻上半身却不由得往前倾，“你……你知道刺击者在哪儿？”

“哦，X的代号叫这个啊。那我也这么称呼他吧……遗憾的是，我无法准确锁定他的具体位置，只能提供所在地的大致方位。”

“……怎么说？”

“在南青山的安全屋，我不是把你跟你的小伙伴弄进了液化的混凝土吗？”

“……嗯。”

一想起那天的事，稔不禁眉头紧锁。液化者口中的“小伙伴”，正是特课成员小村雏，代号是折射者。为了让稔逃出混凝土陷阱，她身受重伤，至今仍在广尾的医院疗养。万幸的是，她已经摆脱了昏睡状态，恢复得也很顺利，但是为保险起见，出院的日子貌似会安排在明天或后天。

液化者终究是不共戴天的死敌。稔坚定了这一认识，继续听她说。

“当时我对混凝土使用了能力，让它在我离开之后的一段时间里继续保持‘在施加某种程度的压力之前不液化’的状态。虽然混凝土实际液化了没有，我是没法遥感的……”

听到这儿，雏的声音顿时在稔的耳边响起。刚被混凝土困住的时候，她也是这么说的——“液化者可能做了手脚，让能力延迟启动，或是设置了什么触发机关”。

看来后一种猜想才是正确答案。液化者的能力着实可怕，可这跟刺击者的行踪又有什么关系呢?

液化者仿佛是觉察到了稔的疑念，轻轻耸肩道：

“关键并不在于我的保留能力，而在于我能一直感应到自己最后液化的东西。”

听到这儿，稔总算明白了液化者的弦外之音。

“啊……因为你那天液化了刺击者的大衣……不对啊，请等一下。你最后液化的东西，难道不应该是绑着我的线虫吗？”

“好强大的记忆力啊。那你还记得我是用哪只手液化大衣跟线虫的吗？”

“不……没记得那么仔细。”

“我接下来透露给你的并不包括在交换条件之内，权当是免费赠送的吧。我左右手的液化能力在用途上存在些许差异。延迟启动之类的迂回攻击用右手，对刺击者用的也是右手，帮你切断绳索的是左手，所以我能感应到的是刺击者。”

“……原来如此。那左手能干什么呢？”

“更详细的情报要额外收费的哦。”

液化者微微扬起嘴角，但很快换回了严肃的表情。她用右手往南一指——那是东京所在的方向。

“铺垫了这么多，不知道你有没有听明白‘我为什么能告知刺击者的大致方位’呀？”

“嗯……大致明白了。知道大概的方向，只要你移动一下，就能用三角测量的原理锁定他的具体位置了吧。”

“就是这么回事。当然，前提是他没有扔掉那件大衣。不过嘛……我觉得他是不会扔的。”

稔也轻轻点头，赞同液化者的推测。

刺击者穿着的红风衣有着橡胶一般的质感，绝非寻常的衣物。那是无数条仿真生物线虫融合而成的，堪称“活防具”。液化者的右手的确液化了它，但液体在一瞬间变回了无数线虫，然后再次融合起来。不难想象，它能轻易弹开小小的手枪子弹，也不怕高温与极低温吧。

风衣的性能强大到让人不禁怀疑它是不是超出了第三眼的能力极限，不过也正因为如此，刺击者应该是不会舍弃那件衣服的。刺击者本人十有八九就藏身于液化者感应到的那个方位。

“刺击者……没有在动吗？”

听到稔的问题，液化者露出些许凝重的表情，点头回答：

“这两天都没动过。毕竟断了条腿，即便有第三眼，也不是想动就能动得了的吧。”

“那……”

稔本想说“那早1分钟攻过去都是好的”，但他愣是把这句话咽了回去。不能给刺击者喘息的时间是不言自明的，但这事轮不到稔拿主意。

他使劲甩掉对“和仇敌做交易”这件事的抵触，开口说道。

“好吧。我会把你的提议带回特课，请特课定夺。那我要怎么回复……”

“别！”

“啊？”

液化者用暗藏凛光的眼睛盯着连连眨眼的稔。

“别联系特课。他们……不，他们的‘上级’是绝不会跟我做交易的……更何况，我的目的是救出凝结者。”

面前的深红之眼如此断言。稔反驳道：

“可……请容许我说句不太中听的话，刺击者是在毫发无伤的状态下打倒了凝结者。谁更危险是显而易见的，他们至少会考虑一下吧……”

“只是特课的话，倒还真有希望，你们的指挥官本就是个超级合理主义者。但3E会议不一样，那群人只关心一件事，那就是‘如何通过第三眼问题为自己所属的派系争取到最大的利益’。他们绝不会释放好不容易抓住的凝结者。不仅如此，他们还会假意答应，试图把我也抓回去。”

“你说得也太……”

句尾的三个字“夸张了”却没能说出口。就在昨天，就在稔的房间里，齐藤奥利维耶不是才用难掩焦躁的语气说过这么一句话吗？

——都怪那帮人忙着搞无聊的权力斗争，才害得教授背上了很多原本不用背的包袱。

稔沉默不语，液化者却用克制的口吻循循善诱。

“小朋友，你可以信任特课的小伙伴……但我奉劝你还是别太相信3E会议为好。他们绝不会让你这么厉害的第三眼宿主一直停留在一线战斗人员的位置，迟早会把你利用在对他们更有益的地方……你是不是已经被他们逼着做了跟深红之眼无关的工作？”

这个问题，稔也无法作答。进入辐射量高达每小时10毫西弗的东京湾核电站一号机堆芯时感受到的恐惧，还深深印刻在他的脑海里。据说冰见课长和伊佐理理教授起初对稔的派遣命令提出了强烈的反对，可最后还是无奈接受了。如此想来，假装跟液化者做交易，实则见机抓捕，也不是完全没有可能。

“……可……就我一个人的话，什么都做不了啊。我只知道凝结者被安置在哪个设施而已。”

稔好不容易才轻声说出这句话来。液化者再次举起右手。

这一回，她竖起了两根手指。

“所以呢，我还有第二条情报要提供给你。其实这才是重头戏。”

“啊？你的意思是，这条情报比刺击者的所在地还重要？”

“没错。”

液化者一本正经地点点头，在脸上闪过一丝疑似犹豫的表情之后说道——

“Stargazer。”

她就报了这么一个单词。

见稔不知所措，她低吟:“你不知道啊……”随即继续说道:

“小朋友，你把我刚才说的那个词告诉分割者，还有……嗯，还有加速者。就告诉他俩，说我想跟他们做笔交易。”

“啊？只跟他们说吗？”

奥利维耶和由美子的脸庞浮现在稔的脑海中。在所有特课成员中，他们应该是最敌视深红之眼的了，找他们谈交易，好像不太合适啊。

然而，液化者仿佛又偷窥了稔的心思，如此说道：

“放心吧，他们有无法对我的提议置之不理的苦衷。请你尽快把我们碰过面的事情告诉他们……但不能打电话，也不能发手机邮件。这两个渠道都有可能被3E会议监控。”

“不……不会吧，你说得也太……”

“睁开眼睛看清楚自己的处境吧，小朋友。从你加入特课的时候开始……不，是从你被第三眼寄生的那一瞬间开始，你就活在了一个没有‘客气’和‘常识’的世界。3E会议的实务部门会详细分析你们漆黑之眼的各种数据……从爱吃的东西到考试的分数，从正在看的漫画到女朋友的类型，探讨怎么样的驯养方法最有成效。如果你觉得自己并没有受到不必要的干涉，那不过是因为他们通过分析判断出‘让你有这样的感觉会比较好’而已。”

“……”

液化者的每一个字都无比尖锐，听起来甚至有些忠言逆耳的感觉，可稔就是没法乖乖点头接受。

“……照你的说法，现在也应该有人在监视我不是吗？你就这样跑出来不会有问题吗？”

稔以为这话已经算是火力全开的讥讽了，谁知液化者脸上竟浮现出浅浅的——但又隐约透着几分凄怆的笑，嗫语道：

“要是真有人在监视，我也会在跟你搭话之前让他消失。”

“……”

沉默再次降临。让他消失——从对方嘴里说出的这几个字绝非单纯的暗喻。毕竟她能把一个大活人变成一滩蛋白质汤水，冲进排水沟。稔又一次感到背脊发凉，但他咬紧牙关，硬是不让胆怯表现在脸上。

“……即便是3E会议，大概也很难找齐关于我的数据吧。因为我很少看漫画，也没交过女朋友。”

“哟，是吗？”

见液化者一本正经地反问，稔才意识到自己多嘴了，无奈话已出口，覆水难收。

“是又怎么样？”

“不怎么样，就是有点意外啦——总之，我要说的就这些。是把我的要求口头转达给分割者和加速者，还是把事情原原本本地汇报给指挥官，那是你的自由，我只希望你别把我当成一个能轻易蒙骗的人。”

液化者口出狂言，而稔则默默凝视着那张精致的脸。

她是敌人，这一点毋庸置疑。在短短的一星期前，她还想置稔于死地，稔也对她动过杀心。

然而，黑框眼镜后面的那双眸子，却也跟之前对战过的几个深红之眼有所不同。稔不敢再和她四目相对，低头说道：

“……我先找分割者他们谈一谈。但他们要是觉得这件事应该汇报给上级，我是不会反对的。”

“没关系，多谢了。”液化者微微一笑，从军装大衣口袋里掏出一部小型智能手机递给稔，“我的联系方式已经存在这部手机里了，请务必用它联系我。原则上只能发短信到我的号码，不能直接打电话。”

“哦……好的。”

稔点点头，然后犯了一个天大的错误。在会谈开始之后，不，是成为漆黑之眼之后，这个级别的大错总共也没有过几次。他伸手去接手机，心想带着摩擦系数为零的防御壳去拿，说不定会脱手，于是就下意识地把防御壳解除了。

视野的色调恢复正常，干燥的北方与新都心的噪音汹涌而来。液化者松开的手机落在稔的右手上。那坚硬而冰凉的触感，终于让他意识到防御壳已经消失了。就在这时——

液化者敏捷地前倾上半身，把脸贴近稔的胸口。

麻花辫散发出来的肥皂味，瞬间转化成凉过冰点的战栗。

——要死了！

直觉敲响了警钟。危急时刻，稔试图再次展开防御壳。谁知……

液化者用和接近时同样流畅的动作往后一缩，看着僵住的稔，说出一句出乎意料的话来。

“小朋友，你身上有股味儿啊，很不明显就是了。”

“啊？”

稔不知该如何反应才好，只能连连眨眼。能捡回一条命着实幸运，但事后得狠狠反省，不能再这么大意了。不过眼下他也顾不上这些了。

“怎……怎么会……我早上明明冲过澡的，今天也没有体育课啊……”

“我不是那个意思啦。”

液化者摇了摇头，一副很无语的样子，然后又后退了一步。冷酷的嗫语从不带丝毫情绪的嘴边飘出来，乘着寒风传进稔的耳朵。

“……那我先走了，静候佳音。回头见。”

美貌的深红之眼撂下这句话，一个潇洒的转身，快步走向楼梯。稔凝视着远去的背影，心想——

应不应该尝试跟踪她呢?

但他很快打消了这个念头，认定自己就算是跟踪了，也会立刻暴露的。虽然他不觉得奥利维耶跟由美子会跟液化者做交易，但他毕竟不知道“Stargazer”是什么意思，不能自作主张断然拒绝。

他把右手握着的小型手机塞进校服内侧的口袋，然后拉起衬衫的衣领闻了闻。果然没闻到汗臭味。

“她说的是什么气味啊……”

稔喃喃自语后也迈开步子。走到楼梯口时，他停下脚步，谨慎地查看下方的步道，但液化者早已不见踪影。直到这时，他才想起光信号耳麦被人家拿走了。可是人都没影了，他还能怎么办呢?

4

稔把自行车停在了与野本町站的专用停车场，然后乘上了埼京线的上行快速列车。

现在是下午1点20分。眼下还有明亮的阳光从车窗外洒进来，但是在这个季节，下午4点一过，天色就会逐渐变暗。如果跟由美子、奥利维耶的谈话拖得比较久，就得跟典江打声招呼，说今天要晚点回家了。

要是昨天碰到液化者，今天搞学习会就好了……稔不禁胡思乱想起来，叹了口气。到头来，问题的关键还是“从自家到特课总部单程要花70分钟以上”。坐车实在太费时间了。走高速的话，30多分钟就能到——由美子的声音在稔的脑海中渐渐响亮起来。

“摩托车啊……”

他靠在门边的墙上喃喃道。去年，埼玉县取消了所谓的“三不政策”（不让高中生考驾照、不让高中生骑摩托、不让高中生买摩托），所以不少高中都放宽了限制，允许学生在满足一定条件后考取两轮摩托车驾照。但吉城高中的校规要明年才改，而且据说只会放开排量低于50cc的车，也就是所谓的助动车。助动车貌似是不能上高速的，为了实现由美子的“单程半小时理论”，大型机车恐怕是必要的。稔连电动机辅助自行车都没骑过，大型机车就更是充满未知的世界了。

——现阶段还是只能坐电车啊。

稔在心中自言自语，望向窗外。

他本该仔细思考液化者的提议，可是说句实话吧，这个担子对他来说实在是太过沉重了。也许是因为对话期间始终处于极度紧张的状态吧，直到现在，他的头脑深处还有些麻木感，恐怕无法承受高密度的思考。液化者让他“睁开眼睛看清楚自己的处境”，可光是在学校莫名爆发的“考分太高问题”就够他受的了。

一想到装在包里的两张答卷，还有校服内侧口袋里的智能手机，稔便觉得肩头沉甸甸的。出校门的时候，他本想找个特课的伙伴咨询一下该怎么应对波佐间。这下可好，哪里还轮得到这种小事啊。

稔长叹一声，决定利用车上的时间让头脑好好休息一下，便闭上了双眼。

1小时后。

在池袋换乘副都心线的稔在西早稻田站下了车。爬楼梯上到地面以后，他掏出自己的手机，用通信APP联系了由美子，问：“你现在在哪儿？”

对面冷冷地回答：“总部。”于是稔回复她：“要不要出来喝个茶？”这一回，对方发来一个表情，是只兔子在说“啥？”，长得凶神恶煞。稔差点想掉头回去，只能拼命忍着，回复“我有事要跟你商量”。液化者严令禁止他用手机联络，但是他都写得这么含糊了，就算有人在监视，也不可能猜出谈话的内容。再说了，总得先用某种方法联系由美子吧，否则压根没法把她拽出特课总部啊。

由美子选定的谈话地点是离总部很近的一家西点店，就是奥利维耶昨天买伴手礼布丁的地方。当稔沿着诹访大道快步走到那家店的时候，由美子已经到了。她没有像平时那样穿着校服，而是全套运动衫加运动夹克，也不知是怎么了，一头长发也随便扎了条马尾辫。

由美子好像有些疲惫，一见到稔就默默举起右手，用大拇指指向店内。这家店稔已经来过两三次了，一楼是卖场，2楼是堂食空间。由美子大概是准备上楼聊吧。在一楼的柜台，由美子点了开心果蛋糕卷和拿铁咖啡，稔要了苹果史多伦和奶茶，然后两人捧着托盘，走上木质的楼梯。

堂食空间刚好没人。虽然面积不大，但做旧的拼木地板和大量使用黑铁的家具营造出了典雅的氛围。暖气的强度也刚刚好，温暖了被寒风吹僵的身子。

由美子脱下运动夹克，占了窗边最好的位置，慵懒地往椅背一靠，长叹一声："呼……"

"……才开学第一天，你怎么穿成这样了，还这么累啊？"

稔在她对面坐下，姑且问了一句。由美子伸出双手给他看，纤细的手指上沾满了黑乎乎的油污。

"我一放学就去了基地，给奥古斯塔做保养、换零件了啊。本来想昨天搞的，这不是被逼无奈得写作业嘛。"

"被逼无奈……昨天是寒假的最后1天啊，横竖都是要做作业的吧……"

稔的指摘有理有据，由美子却右手一挥，不以为然。

"这就叫思维僵化，懂不懂？我告诉你，作业是在每门课的第一堂课交的，但今天只有开学典礼啊，没必要带作业去啊，所以有的科目最多能拖三天左右，难道不是这么个道理吗？"

"你这话怎么听都像是废柴的借口啊……"

"要你啰唆，这叫随机应变好不好！"

由美子"哼"了一声，拿起叉子切下一大块浅绿色的蛋糕卷送到嘴里。她闭上眼睛细细品味，又喝了一口拿铁，眼看着表情一点点放松下来。

"啊……这家店的蛋糕就是好吃啊！"

听到这话，稔顿时产生了强烈的空腹感。跟液化者的接触让他紧张到了极限，以至于他现在才想起来，自己今天还没吃过午饭。史多伦总共有三片，他拿起其中一片，咬了一大口。烤进细密面团的糖渍苹果分量十足，口感舒爽，酸酸甜甜的滋味在口中扩散。的确很好吃呢，要不要买点带回去给典江姐啊……就在稔琢磨这些的时候——

由美子瞬间消灭了半个蛋糕卷。只听见“啪嗒”一声，她放下叉子问道：

“……然后呢？你要找我商量什么事？跟恋爱有关的吗？”

“才……才不是呢！”

稔使劲摇头。这一动，就感觉到了内口袋里的手机的分量。他隔着校服按住它，思考该怎么开口。之所以先把由美子一个人叫出来，是因为他觉得自己恐怕承受不住奥利维耶和由美子的双重炮轰，可即便对面只有由美子，他也想尽量不惹火人家。万幸的是，她好像很累的样子，说不定不会一碰就炸，而是听他讲完。稔怀着这样的期待，切入正题。

“呃……话说刚才……其实是一个多小时前吧……”

“嗯。”

“我在放学路上，碰到了液化者……”

“嗯。”

由美子点点头，喝进一口拿铁，随即迅速眨了几下眼睛，然后身子猛地往前倾，差点把嘴里的东西喷出来——却硬是在最后的关键时刻憋住了，结结实实呛了一口。“咳咳咳……”见由美子好像很难受的样子，稔赶忙把没用过的小毛巾递过去。堂堂加速者用毛巾捂住嘴，又咳了好几秒，才抬起头来，连珠炮似的问道：

“你说的液……液化者，是那个液化者吗？‘红’的那个？啥都能融掉的大妈？”

“是……是不是大妈我不清楚，反正就是那个人没错。”

“……”

由美子沉默不语，脸上的表情在片刻后凝固在“愤怒”与“惊讶”之间，变化的过程实在精彩，没能拍成视频真是太可惜了。只听见“咔啦”一声，她站起来，半弯着腰，把脸凑到离稔只有10厘米左右的地方——

“为……为什么不赶紧联系我啊？话说，她是怎么找到你的啊？难道总部的位置也暴露了吗？”

“没……没，那倒没有。”

稔微微摇头，把液化者找到他的过程如实复述了一遍。听着听着，由美子貌似恢复了冷静，重新坐好，呼出一口气，沉吟道：

“唔……你说她是根据咀嚼者的死因，推测出你参与了那件事？简直是瞎蒙嘛！还得查查死因是怎么泄露出去的……”

“呃……液化者也很熟悉3E会议的情况。大概……她的情报来源就在会议周边……”

“我本想说‘这怎么可能’，但好像也不能一口气否定呢。有这么多官员跟政治家掺和在里面，要想做到密不透风的确很难……不过总比消息是从特课走漏的来得好。”由美子又深深叹了口气，死死瞪着稔，“然后呢，你为什么不立即汇报？”

“液化者让我别说……”

“啥？她不让你说，你就乖乖听话了啊？”

由美子的愤怒值再次飙升，稔连忙解释：

“才……才不是呢！她想跟我、你还有奥利维同学做笔交易……”

“交易？鬼才跟她做交易呢！她想拿什么换什么啊？”

“对面想让我们帮忙抢回凝结者……”见由美子又站起来

了，稔连忙举起手掌挡住他，继续说道，“作为回报，她可以告知刺击者的所在地，还有……呃……她还提到了‘Stargazer’。”

话音刚落——

所有的表情，都从由美子那张原本写满愤慨的脸上消失了。

她就跟电池用尽的机器人似的跌坐回椅子上，双手无力地摊在桌上。瞪大的双眼忽然失去焦点，视线在空中彷徨。双唇微微发颤，漏出轻得几乎听不到的声音。

“……她会把克蕾雅……还给我们吗？”

“克……克蕾雅？Stargazer是个人吗？”

被稔这么一问，由美子点了点头。

“嗯……那是特课的代号，观星者（Stargazer）。她的真名叫齐藤克蕾雅……是奥利维的妹妹。”

这回轮到稔哑口无言了。

由美子沉思了整整两分钟，然后叹了口气，掏出手机，给某人发了信息。十几秒后，提示音响起。

“……奥利维说他15分钟后到。”

“哦……”

稔点点头，看了眼她手边的钢琴黑（跟她的爱车奥古斯塔F3-800一样）手机，犹豫片刻后说道：

“液化者说，我们的手机可能被3E会议监控着……”

听到这话，由美子狠狠皱起眉头。

“他们再过分也不至于……还真不一定……我回头找教授商量一下。”

“拜托了——话说，呃……奥利维同学的妹妹，到底是……”

代号就不用说了，稔压根不知道奥利维耶还有个妹妹，犹豫了好久才下决心发问。由美子一声不吭，把叉子插在最后一片蛋糕卷上。但她仿佛失去了食欲似的，把叉子放回盘子，抬起了头。

她用自言自语一般的口吻，讲述了稔不曾知晓的，特课刚成立时的往事。

去年9月1日前后，多个“第三眼”降落在东京周边地区。

不久后便有了内阁官房直辖的3E会议与深红之眼组成的“组织”。特课是晚些时候才成立的，创始成员为冰见课长、伊佐理理教授、安须由美子、生驹早苗和DD（大门传二郎）。他们在对抗深红之眼的同时不懈搜寻新的漆黑之眼，于是就找到了齐藤奥利维耶和他的妹妹齐藤克蕾雅。

如今的奥利维耶是斗志昂扬的深红猎人，但是据说他原本唯恐妹妹遭遇危险，所以拒绝了特课的邀约，最后还是上小学六年级的克蕾雅说服了他。兄妹俩在10月3日同时成为特课成员。谁知在短短两个星期之后的10月17日，克蕾雅就被深红之眼抓走了——

当由美子用不带感情色彩的平稳语气说到这里时，稔实在忍不住，插嘴问道：

“抓走？特课让一个才上六年级的小女孩上前线了吗？”

听到这话，略低着头的由美子立刻瞪了他一眼。

“我、教授跟奥利维都让她在总部待命，不知道劝了多少次。可她就是不听，非要跟我们一起去。奥利维想用蛮力把她拽下车，她却死死抓着车座不松手……最后，我、DD、奥利维只能带着她一起去作战现场，但要求她绝对不能下车。那天的任务是抓一个潜伏在荒川区空屋的深红，照理说是没什么难度的……”

“那得看……敌人的能力吧……”

稔再次插嘴，由美子立刻没好气地说：

“我们当然是提前侦查过的，抓捕对象是已识别红色第三眼持有者第九号，代号紧握者。他是肉体变化型宿主，能强化双手的握力……跟咀嚼者是一路的。虽然他的力量大到能捏碎普通人的四肢，但只要不靠近的话，安全还是有保障的，就算发展成近身战，他也无法对抗奥利维的切割能力。我们把紧握者引到了附近的公园，然后我趁奥利维用剑牵制住他的时候，用电击枪电晕了他。到这儿还是完全按照计划进行的……可……”

由美子突然卡壳，咬住嘴唇，一脸的不甘。几秒后，她一把抓住叉子，把插在上面的蛋糕塞进嘴里，然后一口饮尽已经凉透的拿铁，长舒一口气，才继续说道：

“可就在这时，又有两个深红之眼闯进了现场。一个是前些天抓到的凝结者，另一个……到现在还没查到。”

“还没查到？”

“因为他一直不出现啊。那家伙用某种能力炸开了埋设在公园地下的水管，让地面喷出了大量的水。那是我们第二次跟凝结者交手，也知道要格外小心‘水’，可是从地下喷出来的水根本没法躲啊。凝结者把全身湿透的我跟奥利维冻住了……DD想用手枪掩护我们，没想到他脚边也突然喷出水来，于是他一枪都没来得及开，也被冻住了。渐渐地，连脸都被冰层盖住了，眼看着再这么下去就要闷死了。就在这时，克蕾雅冲进了公园。凝结者想把她也冻住，可就在这个关键时刻……一件不可思议的事情发生了……”

“什……什么事啊？”

“是爆炸，而且是把地面炸出一个大坑的大爆炸。新闻里说那是‘煤气爆炸’，但我根本没闻到煤气味。凝结者跟我们几个都被炸飞了，现场尘土漫天，什么都看不见……等我们好不容易把冰弄碎，可以重新投入战斗的时候，凝结者、另一个深红之眼和克蕾雅都不见了。”

由美子终于讲完了整件事。稔盯着她的脸看了许久。他试图用自己的语言把脑海中还原的景象梳理一遍。

“呃……你、奥利维同学和DD先生被凝结者冻住了……就在这个时候，克蕾雅妹妹冲进公园，随后就发生了爆炸，对吧？那爆炸是不是她的能力引起的啊？”

“我也不是没考虑过这个可能性……但克蕾雅的能力别说是引发那么大规模的爆炸了，连一只小虫子都杀不死的啊。她的代号之所以叫‘观星者’……也就是‘看星星的人’，是因为……”

由美子抬眼看了看窗外的蓝天，然后低声说道：

“她有预知未来的能力。”

“预……预知未来？”

“嗯。跟你的防御壳一样神奇……只要在深夜抬头看一会儿星星，她就能预知到将会在第二天发生的某一件事情。但她本人不能控制预知的内容和时机，预测出来的也基本都是些无关痛痒的小事，比如第二天吃什么点心了，不见了的东西丢在哪儿了之类的。但有一次，她预知到了一场比较大的地震，误差只有5分钟，深红之眼的出现地点也是说中过的。教授都对她寄予厚望，说她再多练练，就一定能成为特课的生力军……”

由美子将叹息融入句尾，闭上双眼。

顺滑的刘海盖住了紧锁的眉头。稔凝视着她的脸庞，陷入沉思。

假设齐藤克蕾雅真有预知未来的能力（虽然他完全想象不出其中的原理），那她就不太可能同时拥有爆破能力，否则就违背了第三眼能力的大原则——操控特定的原子或分子。那么让由美子等人免于窒息的爆炸果然是克蕾雅以外的人引发的吗？如果真是这样，克蕾雅又为什么要冲进战场呢……不对，更值得关注的是，她为什么非要在那一天跟去现场呢？

“克蕾雅妹妹是不是预测到你们会有危险，所以才……”

听到稔的呢喃，由美子终于睁开了眼睛。但她很快垂眼看着桌面，缓缓摇头道：

“也许是，也许不是吧。真相只有她本人才知道。”

“……你们确定她是被深红之眼抓走了吗？呃……说句不太中听的话……既然爆炸的规模很大，地上都炸出坑了，她有没有可能被卷进去……”

“不可能。至少她不可能死于爆炸……因为现场没有发生第三眼的脱离现象。不过我们也是在一星期前才完全肯定她是被抓走了的。除夕那天，奥利维在南青山跟凝结者交过手。据说凝结者在逃跑前说了这么一句话，‘你的公主平安无事哦，一根汗毛都没少’……”

“原来是这样……”稔低下头，轻轻吐了口气，然后抬眼看着由美子的脸说道，“……可既然有过这种事，为什么不早点告诉我呢？不对，更重要的是……整个特课难道不应该把救人作为首要任务吗？奥利维同学的妹妹还在敌人手里不是吗？”

稔的语气略带责备，但由美子几乎面不改色。

“救人的确是放在第一位的啊。要把克蕾雅救回来，必须先掌握敌对组织的整体情况，可到头来，获取情报的唯一办法就是抓住组织下面的深红，逼他们招供。不过，一直没跟你提克蕾雅的事，我也觉得挺过意不去的。这是奥利维的意思，除非必要，否则不跟在事件发生之后加入特课的人提。”

“啊？为什么啊？”

“那家伙认定，自己该为这件事负全责。都怪他太弱了，没保护好克蕾雅。”

“……”

稳没能对由美子的这番话做出任何的反应。因为不等他开口，不远处就传来了上楼的脚步声。

在西装校服外面套了件登山冲锋衣的齐藤奥利维耶径直走向他们所在的那桌，直接弯下腰，仿佛是舍不得落座的那几秒钟。

“有什么要紧的事啊？”

5

最终，稔没有去特课总部，而是直接回了埼玉市。

比东京闹市区更广阔的天空还留有些许阳光。他们明明在西点店的2楼谈了很久很久，稔却在天黑之前赶了回来——因为由美子骑奥古斯塔送了他一程。别说是加速能力了，她连置物箱里的警灯都没用，全程只花了35分钟。要知道稔过去的时候可是花了70多分钟啊。这让稔不禁又琢磨起了本该搁置的“摩托车购置计划”。

怎么办呢……稔一边思索，一边摘下头盔。由美子坏笑着问道：

“你是不是也想搞辆摩托啦？”

“没……没有啊……”

稔下意识地否认，但转念一想，反正打听情报又不要钱，便问：

“我是没打算买啦，就想随便问问，如果我想买摩托车，驾照啊，还有购买的手续什么的，具体要怎么办啊？”

不知为何，由美子竟摆出一本正经的表情，滔滔不绝地讲解起来，就好像她早就把答案酝酿好了。

“驾照的话，无论是两轮车驾照、大型特殊驾照还是二类驾照（**注：营业驾照，可以开大巴、出租车载客或提供代驾服务**），只要提交申请，过几天就能收到了。车辆的购买手续也有特课的装备部代办，只是车检证明是登记在皮包公司名下的啦。”

“装备部……”

稔重复了这个词，然后就想起来了。去南青山的组织据点侦查的时候，他用来背小村雏的高科技背带（正式名称叫后骑背带）好像就是装备部提供的。至于那究竟是个什么样的部门，稔还一无所知。

就在稔歪着脑袋的时候，由美子仿佛又看透了他的心思，说道：

“啊，你还没去过基地是吧？”

“……大家时不时提到的那个‘基地’，跟总部是两个地方吗？”

“是啊，不过就在附近，下次带你去吧。”说着，她微微一笑，但随即变回了严肃的表情，压低嗓门继续说道，“不过在我们执行任务的时候，机动力的确很重要。好比明天跟液化者的碰面吧，如果是陷阱，就只能以最快的速度逃跑了，可你跟奥利维都不会开车，万一发生什么，只能三个人挤这辆车啦。”

“啪”的一声，由美子拍了拍她的大型机车。不愧是刚保养过的，车身闪闪发光。骑手本人也换下了运动衫，此刻正穿着黑色的连体皮衣。不得不承认，打扮成这样的她还是很有魅力的。

“……实在没办法的时候，你就别管我了，带着奥利维同学逃吧。反正她再厉害也没法溶化我的壳，这一点已经是确认过的。”

听到这样的回应，由美子抬起左手，轻戳稔的肩膀。

“瞎说什么呢，奥古斯塔有150马力呢。像你这样的豆芽菜啊，多一个少一个都没关系。到时候我让你上车，你就赶紧上来，别犹豫啊。”

“……哦。”

搭档的指示必须服从。见稔点头了，由美子便松了手，然后环视四周。

此时此刻，他们正站在与野本町站西侧的一排绿化带的角落。夕阳下，脚边的仿砖块花砖被染得血红。这光景颇有情调，加速者却一脸严肃地轻声说道：

“……我没感觉到有人在监视，但还是千万小心啊。液化者已经知道你住在这座城市了……只要她想找，查出你上哪个学校、住在哪里应该也不是很难。”

“可埼玉市还是相当大的……因为它是20多年前由3个市合并出来的啊。在全国的政令指定都市里，埼玉市的人口应该也能排到前10吧。”

“再多也不过东京二十三区的几分之一吧？”

“那当然没法比了……大概七分之一吧……”

“那就意味搜查起来比东京容易七倍啊。”

——是吗？

稔有些疑惑，可不等他反驳，由美子便若有所思地说：

“其实在液化者的事情解决之前，我真想干脆住进你家，但你家有科姆肖盯着，要是被他看到了，他说不定会上报总部的……”

“啊？特课连成员的私下交往都要管啊？”

“……啥？”

“……啊？”

稔和愣住的由美子面面相觑。当他察觉到对方白皙的脸颊好像多了几分绯红的时候，由美子已经揪住了切斯特大衣的右襟。

“你别瞎说啊！我说我想住进你家，跟……跟男女交往什么的一点关系也没有，肯定是为了防范深红的袭击啊！”

一听到由美子爆出的那个词组，稔顿感耳根发烫，无奈情势所迫，逼得他不得不回嘴。

“这……这我当然知道！我只是觉得，不了解内情的科姆肖大哥看到你突然来我家，搞不好会误会……”

“谁会瞎误会啊！”

“那你觉得他会怎么想嘛！”

就在两人争执不休的时候，不远处传来“咯咯”的笑声。两人迅速扭头一看，原来是三个碰巧路过绿化带的女初中生。她们一边偷瞄稔跟由美子，一边窃窃私语。

由美子用触电似的速度收回左手，骂道：

“真是的……都怪你乱说话，害我被人家笑话了！”

“明明是你先说要住进我家的好不好……”

“我都说了，那是为了防范袭击……”

“就算是为了防范袭击吧，可你准备怎么跟典江姐解释啊？”

“那是你应该考虑的问题啊！”

——是吗？

就在稔差点又要歪脑袋的时候，由美子一把抢过他用左手拿着的备用头盔，塞进摩托车左侧的置物箱，自己则套上了挂在车把上的黑色全脸头盔。

“反正你今晚一定要多加小心。明天绝对不能迟到啊！我也有很多准备工作要做，明天没法来接你的！”

“哦……但液化者指定的地方有点远，放了学再出发的话，大概会卡着点到……”

“那你自己想想办法啊，早退也行，说什么都得提前到！还得在接触前检查一下周围有没有敌人的伏兵呢。”

“知道了。”

看到稔点头答应，由美子抬起纤细的腿，跨上摩托车，发动引擎，拉下头盔的面罩。

微抬右手跟稔告别之后，她把车开进车道，逐渐加速。漆

黑的Super Sport就这样迅速融入了夕暮中。

等那特征明显的尾灯彻底看不到之后，稔也走向了车站的自行车棚。现在是下午5点7分。明明才傍晚，他却感觉这一天格外漫长。

然而，明天才是重头戏。

液化者给他的智能手机里只存了一个手机号码。稔发短信表示他们有意做交易之后，对方立刻回了短信，里面只写了会面时间与地点——明天下午6点整，代代木公园的中央广场。稔没去过那个地方，但知道它在原宿站跟明治神宫附近。

为什么液化者要把会面安排在那里呢？不知道。由美子说，中央广场是个除了草皮外什么都没有的地方，也许她是怕特课设埋伏吧。但稔和伙伴们同样需要警惕伏兵。虽说液化者有“延迟发动液化能力”这样的绝招，可是她再厉害，也不可能把整座广场都液化吧。到时候，只要由我方指定具体的谈话地点，应该就不会重蹈南青山的覆辙了。

至于“同意交易”这一选择的是非好坏，稔也无法判断。他唯一确定的是，事后跟伊佐理理教授汇报的时候，他们三个肯定会被骂得狗血淋头。也许还会受到闭门思过、扣津贴之类的处罚，甚至有可能被特课开除。

在充分考虑过这些可能性的前提下，稔决定尊重奥利维耶的抉择。他担心被抓走的妹妹，拼死战斗了两个多月。吊儿郎当的举止背后，不知隐藏了多少苦恼与焦躁。警方就不用说了，连3E会议都靠不住。让他在如此走投无路的情况下拒绝突然降临的希望，未免也太残忍了。换作是稔，要是有人告诉他“我能让你的姐姐若叶复活”，他肯定也愿意付出一切代价。

“……我没做错吧，姐姐……”

稔仰望夜空，喃喃自语。当然，并没有人给他回应。他眨了眨眼，穿过了停车场的行人专用入口。

当晚一切太平。稔和典江一起做了晚饭，预习了功课，泡完澡就睡了。

一夜过后——1月7日，星期二，清晨5点15分，稔被手机的铃声和振动吵醒了。

他抓起枕边的手机，睡眼惺忪地看了看屏幕，才意识到自己听到的不是闹钟的铃声，而是电话铃声。屏幕上显示出来的名字是——箕轮朋美。稔用两秒钟让自己彻底清醒过来，然后按了接听键。

他把手机按在右耳边，轻声问道："箕轮同学？"但对面迟迟不说话。难道她又被卷进跟深红之眼有关的事件了？稔急得差点从床上跳起来。就在这时——

"对不起啊，空木同学，这么早就……"

总算是听到对面的声音了，稔悄悄松了口气。

"呃……没事啦，我本来就是这个点起来的。"

他的确把闹钟调成了每天5点半响。花15分钟洗漱一下，然后去荒川河堤跑一跑，这是他5年前养成的习惯，不过这套流程最近多出了一项——如果接到了朋美的联系，就在羽根仓桥碰头，一起晨跑。可是换作平时，她至少要5点40分左右才联系，而且是通过APP发信息的，不会直接打电话。

"……出什么事了？"

稔战战兢兢问道，朋美却又沉默了。他唯恐错过对面的声音，把手机按得更紧了。传入耳中的好像是某种不规则的气息声。几秒钟后，他才意识到那是啜泣的声音。

"……箕轮同学！"

稔倒吸一口冷气，呼喊对方的名字。对方这才开口说话。

“空木同学……我……我感觉怪怪的……”

“怪？出什么事了啊，箕轮同学！”

“我……好像不是我了……”

好不容易挤出这句话以后，朋美又哭了起来。稔认定她一定是出事了，拼命问道：

“箕轮同学，你现在在哪儿？”

对方没有立刻回答，但他耐心等着，终于在啜泣中捕捉到了“我家附近”这几个字。附近——那就是室外了。现在的气温只有零度左右。稔本想说“赶紧回家去”，却很快反应过来，她肯定有什么回不去的苦衷。

“我……我这就过去，注意保暖，等着我啊！”

稔竭尽全力说道。片刻后，对方回答：“嗯……”通话在同时戛然而止。

他跳下床，脱下当睡衣穿的汗衫，换上跑步的衣服。为了不吵醒睡在隔壁的典江，他以最轻的动作和最快的速度跑下楼，匆忙穿上跑鞋冲出家门。

四天前，他才刚去过朋美家。其实两家之间的直线距离只有500多米，只是稔一直都不知道罢了。他家附近有一条叫鸭川的小河。他跑到河边，沿着没铺过的河堤小路，往南狂奔。天上几乎还没有一丝亮光，河堤上连路灯都没有，但他把第三眼强化过的视力与肌肉力量用到了极限，一路飞驰。

不一会儿，他就看到了下一座桥，准备拐到马路上往东去。跑过小学门口，在下一个路口右拐，就是朋美家了——

突然，他在视野边缘捕捉到了一抹淡淡的绿色，连忙刹车。

在小学校的校门口，有个捧着膝盖，蜷缩在地的娇小人影。蓬松的短发，柠檬绿的防风衣。虽然她低着头，但稔一看就知道，那就是朋美。

他深吸一口冰冷的空气，调整呼吸后，缓缓走向那个人影。

“……箕轮同学。”

听到这声呼唤，纤弱的肩膀微微一颤。她好像已经停止了哭泣，却没有要抬头的意思，只是背靠黑色的校门，捧着膝盖坐着。犹豫片刻后，稔坐到了她的旁边。

得说点什么啊……可他一句话都说不出来。毕竟之前从没有女生向他求助过，就算有，去年秋天之前的他也是坚决不会插手的。虽然他不觉得自己在这短短的几个月里变了，但朋美已经是他很重视的朋友了。看到她那么难受，他真想帮她一把……就算这么做会增加他并不想要的记忆。

稔没有开口，把自己的防风衣脱下来，盖在朋美背上。虽然身上只剩防寒布料做的内衣了，但好在他刚才是全速跑过来的（或许是第三眼的功劳），所以并不觉得冷。

沉默再次降临，但过了一会儿，朋美的手动了动。她抓住稔的防风衣，把领子合拢。

黎明前的深蓝色昏暗中，出现一条白色的气息。

“……我只说自己在家附近，亏你能找到这里呢。”

朋美的声音还有些哭腔。稔一五一十地回答：

“因为会路过嘛……而且你的外套颜色也很显眼。”

“我喜欢绿色。这件衣服是爸妈在圣诞节刚给我买的……照理说，我光是穿上它，就会有想要奔跑的念头……可……”

朋美用沙哑的声音说道，抬头望向稔。一双大眼睛里分明噙着刚涌出来的泪水。

“从家门口到这里，我整整跑了5分钟……”

“啊？”

稔眨了眨眼，环视四周。他们所在的校门口对面是一座很大的寺院，再往前就是朋美家了。从家门口到这里恐怕都不到三百米，用走的也花不了5分钟啊。

“是不是哪里不舒服啊？不要勉强自己啊……”

稔还以为她是感冒生病了，但是说到一半，他忽然想起……

昨天早上，在上学路上碰巧遇到朋美的时候，她也提起自己最近不太对劲，明明很喜欢跑步的，却怎么都挪不开步子。

“难道你不是感冒了，而是昨天说的……”

他犹犹豫豫地问道。朋美轻轻点头。

“嗯。今天早上，我一心想跟你一起晨跑……好不容易出了家门，可每跨一步，就感觉身子变重了一些，走得的都很吃力……走到这儿，就彻底站不起来了……”

“……”

稔惊愕不已，下意识地望向朋美的腿。隔着衣服很难看出问题来，可要是相信朋美的说法，那么不是身体问题的可能性就很高了。日常生活一切如常，只有跑步的时候才觉得双脚沉重——昨天朋美自己也说“我大概是碰到了个小低潮”，也许这就是心理问题引发的症状。

那该怎么办呢？一时间，稔想不出任何对策。找田径社的学长和教练商量一下？还是去找常驻学校的心理咨询师？这样真能解决问题吗？

就在稔迟迟没有开口的时候，朋美又低下了头，用双手紧紧抱住自己的脚。

“如果这就是‘低潮’……那也太没道理了吧。我明明那么喜欢跑步……开始跟空木同学一起去荒川晨跑以后，我明明更喜欢跑步了，可我的身体好像不是我的了……”

“箕轮同学……”

给不了任何建议的无奈感急剧膨胀，压得稔难以喘息。他下意识地抬起右手，搭在朋美背后。他能感觉到手掌下的柔韧肌肉微微颤动了一下，不过朋美很快放松下来，往稔身上靠。

两人就这样莫名其妙发展成了“搂肩膀”的姿势，但稔没有动。他忽然产生了一种感觉，好像也有人像这样搂过他的肩膀……不一会儿，他就想起来了。

刚加入特课的时候，他曾被奥利维耶一拳揍飞过。明明有人因为他的失误死在了“点火者”手里，他却有种事不关己的感觉，而且这种心态还被奥利维耶看出来了。现在回想起来，他也觉得自己挨揍是活该，但当时的他一时间难以接受，就跑去特课总部的地下停车场，把自己关在了防御壳里。

后来，由美子来到停车场，对稔说：“我相信你——因为你为了救我，勇敢地冲向了咀嚼者。”然后她紧紧搂住了稔，虽然这个动作只持续了短短的一瞬间。也许正是多亏了那句话，多亏了那只手的温度，稔才没有离开特课。

“我也觉得，跟你一起跑很开心啊。”稔把脸凑近靠在他右肩的朋美，轻声说道，“从五年前开始，我几乎每天早上都要去荒川晨跑，但其实吧，我也不是那么喜欢跑步，只是想把自己逼到极限，这样就不会胡思乱想了。但……开始跟你一起晨跑以后，我有了很多新发现。我发现黎明时分的荒川河堤很美，发现在折返点喝的水特别甜……还有跟同伴一起跑有多开心。如果你也同样的感觉……只要你还没丢掉那份心情，就一定能很快好起来的。”

明明是毫无依据的鼓励，朋美却把头用力靠在稔的肩头，点了一次，一次，又一次。

“嗯……是啊。我也觉得，和你一起跑步是很开心的。我也喜欢在训练、比赛的时候跑步，但是和你一起晨跑的时光是很特别的……能一起晨跑的日子，我还没出门，心里就都是期待了。可是……为什么……”

听到那饱含悲痛的声音，稔还以为朋美又要哭出来了。但她直起头，双手扶膝，试着站起来。见她那纤弱的身体猛地摇晃，稔连忙扶住她的后背。

朋美挣扎着站了起来，缓缓深呼吸后，往前走了两步，回过头，把稔给她披的黑色防风衣递过来，面带笑容道：

“一起跑吧，空木同学！”

“啊？”稔接过衣服，皱起眉头，“你还是不要太勉强自己了。等你养好了身体，有的是机会啊……”

“我感觉只要跟你一起跑一跑就好了。没事的……我已经好多了。”

朋美如此断言。她的脸色看起来相当苍白，但四周唯一的光源是远处的LED路灯，所以稔很难以此判断她的身体状态。无奈之下，他也披上防风衣，拉好拉链。

“那……今天就跑慢点吧，千万别硬撑啊！”

“嗯！”

朋美点点头，开始做拉伸运动。稔也陪着她一起做，同时仰望东方的天空。离日出大概还有30分钟左右，今天就不像平时那样跑足10公里了，跑到5公里就折回来吧……他下定决心，望向朋美说道：

“我会照着你的步调跑的。”

“谢啦……那就走吧！”

朋美微微一笑，在原地轻轻跳了一下，然后便跑了起来。跑上步道以后，她开始逐渐加速。步频跟姿势都没有别扭的地方。稔心想，说不定真的只是心理层面的问题。谁知就在这时……

明明只跑了20多米，朋美的脚步就乱了，上半身剧烈摇晃。

她拼命试图找回平衡，脚下却没踩稳，整个人倒向车道。

“危险！”

稔一声大喊，猛踏地面，把左手插进朋美的身体和沥青路面之间，在千钧一发之际接住了她。他原地蹲下，用双手抱稳朋美，连连呼喊：

“箕轮同学！你怎么了，箕轮同学！”

然而，朋美双目紧闭，毫无反应。他连忙把脸凑到她嘴边。能感觉到微弱的气息，但这呼吸也太微弱了，完全不像一个几秒前还在跑步的人。他又伸手碰了碰朋美的脸颊。天哪，凉得吓人，完全不像脱水或体位性低血压引发的晕厥。

“救护车……”

稔扯着嗓子自言自语。正要从口袋里掏出手机时，他却想起——这里离朋美家还很近。

于是他用双臂小心翼翼地抱起朋美，在尽可能不摇晃她的情况下，飞奔过去。

6

上午的课一结束，稔便冲出教室。但他的目的地并非食堂，而是高一八班的教室。

箕轮朋美就是八班的，可他并不是去找朋美的。今天早上，她爸爸开车送她去了最近的大型综合医院。万幸的是，她在接受诊查的时候醒了，不过因为有些贫血的症状，为保险起见，医生直接让她住院了。目击晕倒过程的稔也陪着去了医院，跟医生描述了当时的情况，只是当着人家父亲的面讲述朋美的情况，让他着实紧张了一把。

所幸朋美的父亲是个非常沉得住气的人。刚看到晕厥过去的朋美时，他也吓得一声大叫，但之后表现得格外镇定，临别时还跟稔道了谢。据说他跟朋美妈妈早在几天前就察觉到了女儿的异样。

要是能通过精密检查锁定身体不适的原因，而且这个原因又是可以根治的，那就能彻底放心了，可检查结果据说要等好几天，所以稔想在自己力所能及的范围内也试着调查一下。

走到八班附近时，他和一群匆忙赶往食堂的学生们擦肩而过。其中刚好有他要找的那张面孔。稔小跑过去喊道：

“尾久！”

当然，稔并不习惯对别人直呼其名。听到他的声音，一个皮肤黝黑的男生回过头来。他就是尾久昇也——他跟朋美一样，也是田径社的。

尾久眨了眨眼，对另外两个男生（大概是他的朋友）说：“你们先去吧。”然后用眼神示意稔去走廊边上。刚走到墙边，尾久立刻发问：

“跟箕轮有关？”

“嗯……嗯。”

稔点点头。颇具运动员风范的精悍面容顿时浮现出忧虑之色。

“她今天没来哦。”

“我知道……所以我才来找你了解情况的。”

“好！”尾久痛快地点头，瞥了眼走廊前面说道，“食堂肯定很多人……算了，去秘密基地吧。”

“秘……秘密基地？”

“为你破例了啊。先搞点吃的吧。”

在食堂附设的小卖部买好面包和饮料之后，尾久朝南校舍走去。

南校舍再往前就是道场了。一个月前，稔在道场后面的空地遭到了尾久和两个田径社学长的轻微“制裁”。稔还以为尾久打算去那儿，没想到他穿过走廊，进了南校舍，还爬起了楼梯。

老师的办公室、行政办公室和专科教室都集中在这栋校舍，楼层越高就越是冷清。可尾久爬到4楼都没停下，继续往上。照理说学生是不能上到屋顶平台的，看来他所谓的“秘密基地”就是通往屋顶的那扇门前面的平台，大概有两张榻榻米那么大吧。站在4楼的走廊往上看，这个区域几乎是死角，倒是非常适合说悄悄话。

“呵……还有这样的地方啊……”

这个空间的采光意外得好。稔环视四周感叹，尾久则挺起胸膛，显得十分自豪：

“这地方是我找到的哦。平时都没人来的，所以我想一个人静静的时候就会来这里。”

——你也有想一个人静静的时候啊。

稔把这句话咽回肚子里。谁会没有呢？听说尾久为自己想要教训稔的事情懊悔了好久，可见他的性格其实还挺天真的。

“……能偶尔借我用用吗？”

稔问道。尾久咧嘴笑道：

“行啊，不过据说这地方会闹鬼哦。”

——难怪没人来啊！

稔把这句话也咽回去，还给对方一张僵硬的笑脸。

两人靠着平台的扶手墙壁坐下，迅速打开面包的包装袋。稔买了黄豆粉面包，尾久的是炒面夹心面包。一眨眼的工夫，面包就被消灭了大半。

稔喝了一口纸盒包装的豆奶，切入正题。

“呃……我想找你问问箕轮同学的事情……”

“在那之前！”尾久猛地伸出握着香蕉牛奶的左手，插嘴道，“我有个‘单直’的问题要问你。空木，你在跟箕轮交往吗？”

“……”

稔顾不上吐槽“把单刀直入省略成‘单直’好像有点牵强”，使劲摇头：

“没……没有啦！”

“那你们相互之间有告白的打算吗？”

“都没有啦！”

“喂，你又不知道她会不会告白！”

稔真想反问：“那你问我干什么啊？”只见尾久把剩下的炒面面包塞进嘴里，狠狠嚼了几下（几乎都能听到咀嚼的声音了），然后用香蕉牛奶灌下去，随后长舒一口气，再次望向稔：

“我也不是催你去告白啦，但要是她主动告白了，你可绝对不能拒绝哦。你要敢拒绝，我可真要揍扁你了！”

换作曾经的稔，一听到“揍”这个字怕是就要撒腿逃跑了，但此刻的他能坦诚地接纳尾久这番粗暴言辞背后的心意。不过话虽如此，这可不是能随随便便答应下来的事情。

我这辈子都不准备跟任何人交往——该怎么表达才能让对方理解呢？但不等他开口，尾久就轻轻戳了戳他的右肩。

“不过嘛，我觉得应该是没戏的啦！嘻嘻嘻……”

说着，他又撕开了奶油菠萝包的袋子，咬了一口，随后正色道：

“然后呢？你要找我谈什么？你知道箕轮为什么请假吗？”

“……嗯。”

稔点点头，把能透露的情况如实相告。最近他们时常约着一起晨跑。昨天朋美亲口告诉他，自己的身心状态不太稳定。今天早上，她又出现了疑似贫血的症状，晕倒了。

“贫血？医生是那么说的吗？”

稔本以为尾久会就“两人在校外相约晨跑”这件事发表评论，不料他绷着脸问了这么一句。

“嗯……医生说要做了精密检查才能确诊，但是看症状的话，有点贫血的意思……”

“怪了……箕轮是女田（女子田径队）的长跑尖子啊，血细胞比容值跟血红蛋白值都比普通男生还高。老师平时也一直嘱咐我们要多补铁……”

血细胞比容值是血细胞在血液中所占容积的比值，血红蛋白值体现了红细胞中的血红蛋白量。都说年轻的运动员容易患上所谓的“运动性贫血”，所以连自己随便跑跑的稔都会有意识地补铁。照理说朋美是重点培养对象，肯定会更小心的。

平时这么注意，却还是出现了贫血的症状，那就意味着——

“……难道是……病了？”

听到稔的自言自语，尾久猛烈摇头。

“那也不可能啊，我听说她上个月才刷新了个人最好成绩呢。哪有一下子让人虚弱成那样的病啊？”

虽然稔不敢断言“一定没有”，但这的确有些说不过去。他盯着黄豆粉面包的最后一口，陷入沉思。就在这时……

“哎……等等，我好像刚听说过一件差不多的事情……”

尾久突然说出这么一句话来，稔不禁往右看去。

“啊？差不多的事情？”

“嗯，呃……我想起来了！女排队不是有个主攻手叫前崎由佳吗？六班的！”

“……对不起，我不太熟……”

“你这家伙真的对女生完全不感兴趣啊。”

尾久煞有介事地叹了口气，掏出手机，迅速按了几下。

“……喏，就是右边这个。”

屏幕上显示出一张照片，里面有三个男生和两个女生。在最右边摆出剪刀手的女生头发很短，跟站在一旁姿势诡异的尾久几乎一样高。她长得十分英气，双目有神。

“啊……好像是看到过那么几次。”

“废话，一个年级的好不好。前崎是上了高中才开始打排球的，但她的扣杀很厉害，所以很快就进了正选，在11月的春高排球预选赛上大发神威啊！”

“呵——她不是你们班的，也不是田径社的，你怎么会这么熟悉她啊？”

稔抛出理所当然的疑问。尾久的声音略显慌张：

“也……也没有那么熟悉啦！我也是运动队嘛，消息比较灵通啦！”

“哦……”

那你为什么还跟人家一起拍了照啊——稔没有追问，把话题拉了回来。

“然后呢？前崎同学怎么了？你为什么说她跟箕轮同学差不多？”

“啊……具体的我也不是很清楚哈，只是听说她好像也在寒假训练的时候觉得不舒服，直接从学校去了医院。我当时也没放在心上，毕竟训练强度太大的话，身体吃不消也是很正常的……”

紧锁眉头瞪着手机的尾久又动了动大拇指。他貌似是在通信APP上给某人发了条消息。不一会儿，只听见“噗”的一声，对方回了。他瞥了眼屏幕，一脸茫然地望向稔：

“前崎也是从昨天开始请假的，据说她去医院做了检查，说是贫血……你说这是碰巧吗？”

“……”

一时间，稔不知道该说“YES”还是“NO”，只能干眨眼。

大概是碰巧吧。如果不是巧合，那就只可能是“箕轮朋美跟前崎由佳都患上了会引发缺铁性贫血的传染病”了，可世上真有这样的病吗？

稔也掏出手机，打开搜索网站，输入“贫血”和“传染病”这两个关键词。粗略浏览过搜索之后，他发现感染胃部的幽门螺旋杆菌貌似会引发贫血。但网上也说，在上下水道都很完善的现代，人到人的经口感染几乎成了幽门螺旋杆菌的唯一感染路径。十多岁青少年的感染率是百分之十左右。

虽然感染率只有一成，但吉城高中有1200多名学生，相当于其中有120个人感染了这种病菌。慢着——说不定用某种手段人为扩大感染范围，也不是不可能做到的……

“还有没有别人请假啊……”

稔喃喃道。尾久用夸张的动作耸了耸肩：

“肯定有吧，本来就是流感爆发的季节。”

“不，我问的是因为贫血请假的人。”

“这我哪儿知道啊——”

稔抱着死马当活马医的心态，请一脸无语的田径队员帮忙：

“能不能动用你全部的人脉，帮我调查一下啊？说不定我们吉高正在流行一种会引起贫血的毛病。”

稔把他刚才查到的信息，还有自己那套有些离奇的推测解释给他听。尾久也承认自己是彻头彻尾的“运动员”，但他毕竟能考上偏差值足有70的吉城高中，理解能力还是可以的。只见他一边摸着自己的肚子，一边苦着脸说道：

“幽门螺旋杆菌……不就是那个让大叔得胃癌的病菌吗？”

“应该不仅限于大叔吧，反正就是那个。除了胃癌，它好像还能引起贫血。尤其是得了原因不明的缺铁性贫血症的青少年患者，有七成感染了幽门螺旋杆菌。”

“唔……可是真会有人在学校里传播幽门螺旋杆菌吗？再说了，那种东西要上哪儿搞啊？”

“我也觉得这个猜想太夸张了……”

稔越想越觉得自己刚才说的有些牵强，也就闭嘴了。尾久吃完了菠萝包，靠在墙上，两腿一伸：

“箕轮跟前崎的事应该是碰巧的吧。要是吉高真的爆发了幽门螺旋杆菌大流行，就算不是人人都贫血吧，身体不舒服的人应该也不止这点吧？可我们班没别人不舒服啊，田径社也太平得很。”

“我们班也是……”

说到这儿，稔忽然想起……

好几个学生虽然没有病倒，但状态大不如前——他昨天不是才听说过这样一件事吗？

“哎，不过……”

见稔自言自语起来，尾久盯着他的脸问道：

“怎么了？有头绪了？”

“嗯……跟贫血可能没什么关系吧，但除了定期的期末考试，理科班不是会在学期末另外再做一次水平测试的吗？”

“啊，就是新学期第一天发下来的卷子吧？理科班老师真是一群S啊。”

“我也有同感……反正昨天刚公布了成绩……平时一直考前几名的人都退步了很多。有人说这是吉城高中理科班有史以来名次变动最大的一次呢。”

“呵……”尾久随口附和着，并没有表现出很大的兴趣，但他随即皱起眉头，“啊？你的意思是，那也是幽门螺旋杆菌贫血造成的？不会吧，哪有只挑成绩好的家伙感染的病菌啊……”

“不光是成绩好的学生。箕轮同学是女子田径队的尖子，前崎同学也是女排队的明日之星不是吗？”

听到这话，尾久瞠目结舌。

他收回摊着的两条腿，用手抓住膝盖。不知为何，他先环视左右，然后猛地把脸凑过来，压低嗓门对稔说道：

“你是说……有人盯上了尖子生跟运动健将？有人故意让箕轮、前崎和理科班的那帮优等生感染了幽门螺旋杆菌？”

“而且，说不定是只针对高一的……虽然我还不确定病因是不是幽门螺旋杆菌……”

稔想起自己昨天被老师表扬的时候，津森一直瞪着他。那张脸异常苍白。他继续说道：

“……但还不能排除状态失常的同学都出现了缺铁性贫血的可能性。贫血除了会影响运动能力，还有其他负面影响吧？”

“嗯……因为大脑会陷入缺氧的状态啊。田径社的教练也说，一旦贫血，思维能力、记忆力什么的都会下降。”尾久沉吟道，缓缓摇头，“可……如果真被你说中了，那就是大问题了啊。因为……如果犯人是有意针对那些成绩好、运动好的人，那他一定是……”

“嗯……肯定是吉高的学生，而且很有可能就是高一的。”

“天啊……那可是妥妥的犯罪行为啊。空木，你不会是想单靠我们两个把犯人揪出来吧？”

听到这话，稔也只能苦笑。

“怎么会呢，如果真是那样，只能找老师或者警察了。不过嘛，找犯人的办法倒也不是完全没有。”

“啊？真的假的？”

尾久瞪大眼睛。稔本想把自己刚刚想到的方法告诉他，却在关键时刻闭上了嘴。

既然排名靠前的优等生都遭到了打击，那么最可疑的自然是名次保持不变，或是突飞猛进的学生——稔本想这么说来着，可他自己完全符合后一种情况。班主任间野不是也说了吗？在这次的水平测试中，全年级名次升得最快的就是他。

“喂，到底有什么办法啊？”

尾久追问道。稔迅速摇头：

“呃……还是别学侦探瞎查了。”

“搞什么嘛，明明是你自己提出来的好不好……”

“总……总之，你能不能帮我调查一下运动队里还有没有其他人身体不舒服啊？我也会想办法找名次下降的人打听打听的。如果他们之中有人出现了贫血的症状……”

“那就说明你的幽门恐袭假说不是瞎想出来的呗？”

“幽门恐袭？”

“这是妥妥的生化恐怖袭击啊，幽门螺旋杆菌恐袭。天啊，越来越像美剧的剧情了。”

稔心想，这可不是闹着玩的啊……但他把话咽了回去。他的推论眼下不过是毫无根据的推测，就当它是个玩笑也许更好。

尾久“啪”的一声拍了拍膝盖，猛地站起来。

“好嘞，我这就去查。空木，把你的LANE号告诉我吧。”

“啊……嗯。”

真没想到我会跟这个人加LANE好友……稔暗自感慨，同时点开二维码名片，把手机递给尾久。

第五节数学课和之后的小班会一结束，稔便用最快的速度收拾好东西。

现在是下午3点半。跟液化者的交易将在代代木公园举行，时间是下午6点。但他跟由美子约好了,5点在原宿站碰头，所以一分钟都耽搁不起。照理说，只要能坐上4点17分从与野本町站发车的埼京线快速列车，就能在4点59分抵达原宿，但要是可能的话，他更想坐再前面的那趟快车。

不过再赶时间，他还是可以在校内逗留15分钟左右。稔坐在自己的位置上，不动声色地瞄向教室的右侧。

视线落在了津森聪身上。他平时每次考试都稳居年级前三，这次的水平测试却跌到了20名开外。这到底是不是贫血在作祟？稔必须查个清楚。

在视线的另一头，津森慢吞吞地把教科书塞进挎包，然后双手撑桌，站了起来。也许是突然站起来有点头晕吧，只见他低着头呆立了好一阵子，才拖着步子走出教室。等待片刻后，稔也起身追了上去。

津森好像完全没察觉到身后的稔，不过稔的目的也不是跟踪，而是谈话。只是一回忆起人家昨天才吼过他，瞪过他，和平对话大概是指望不上了。更何况他想问的还是“你的名次之所以跌了那么多，是不是因为贫血啊”这样的问题。

还剩12分钟。怎么办呢？稔带着犹豫继续跟踪。津森好像是从埼玉市东边的初中考过来的，所以回家的方向应该和稔相反。必须在他走出校门前上去搭话。稔心想要是周围没人就好了……无奈这才刚下课，走廊和楼梯上都挤满了人。

津森迈着略显僵硬的步子下楼。他今天的状态显然比昨天更差，可他并没有戴口罩，这倒是为贫血假设增添了几分说服力。如果他真的感染了幽门螺旋杆菌，稔还是希望他能在症状加重前去医院好好检查一下的。然而他视稔为眼中钉，敌人的建议，他会愿意听吗？

就在稔犹豫不决地踏上楼梯时——

“呀！”

前方传来一声尖叫。定睛一看，津森竟在楼梯的平台撞倒了一个女生。他当然不是故意的，貌似是迎面撞上了人家，然后摔倒了。

“啊……对不……”

津森用闷闷的声音道歉，挣扎着想要起身，却怎么都站不起来。挎包的带子好像缠住了女生的左臂。他们周围站着七八个学生，有的皱着眉头，有着面露浅笑，却没有一个人伸出援手——不远处还有个男生掏出手机，正要拍照。

稔一时冲动，跳过三级台阶下楼，挡在那个男生的镜头前，弯下腰。先把缠着女生手臂的带子解开，再扶津森起来。消瘦的身子轻得出奇，搞得稔愈发担心了，不过现在不是追问这些的时候。

犹豫片刻后，他又向还没起身的女生伸出了手。但女生用蚊子叫似的声音说道："我没事。"随后自己站了起来，转头便冲上了楼梯。至少，她好像没伤到。

稔将视线转向将视线转向津森，带着七成担心和三分算计说道："津森同学，你是不是不太舒服啊，要不要我陪你……"

他本想说"要不要我陪你去保健室"，不料津森猛地举起右手，对准稔的肩膀用力一推。

在人群的骚然之中，他用高亢的声音喊道：

"要你多管闲事！！"

他喊得那么用力，嗓音都变尖了。隔着半框眼镜投来一束尖锐的视线之后，他就小跑着下楼去了。

事情来得太突然，稔惊得哑口无言，呆若木鸡。

"你可真倒霉啊，空木同学。"

听见身后有人喊自己，稔连忙回头。

只见二班的波佐间秋利正靠着扶手站在楼梯上。他用潇洒的动作耸了耸肩，走到稔身旁，用含着笑的声音低语道：

"津森同学最近好像很烦躁的样子，你还是躲远一点吧。他都不来数学社参加活动了呢。"

"……数学社？"

还有这样的社团啊……稔一边纳闷，一边小声嘟囔。波佐间微微一笑：

"你要是有兴趣，也可以来参观一下呀。我觉得现在的你完全有资格加入数学社呢。"

"呃……呃，我对社团……"

稔强压着内心的抵触，轻轻摇头。不就是个学校公认的社团吗，有什么资格不资格的……但他没把这种想法表现在脸上，只是后退了3厘米左右。

"是吗？太遗憾啦。"

波佐间笑容不改，做了他的招牌动作，伸出两根手指举到脸旁轻轻一挥，上楼去了。

这人到底是什么意思啊……稔叹了口气，抬手看表。留给他的时间已经不到5分钟了，大概是来不及追上津森问这问那了。而且此刻的津森应该也没有心情听他说话吧。

他心想，明天再找个机会试试看吧。于是急忙走向楼门，换好鞋走去自行车棚。就在他掏出车钥匙的时候，口袋里的手机响了。

稔还以为是尾久打来的，屏幕上显示出来的名字却是安须由美子。他下意识地环视四周，确认附近没有其他学生以后才把手机举到耳边：

"喂……喂？我是空木。"

"你在哪儿呢？"

加速者都没自报家门，劈头盖脸问道。稔再次抬起左手看表，同时回答：

"正准备从学校出发……"

"你们学校不是3点半放学的吗？怎么磨蹭了15分钟那么久啊！"

"出了点事……"

"算了，倒是正好。"

"啊？"

稔还以为由美子会继续念叨，听到的却是这么一句话，不由得眨了眨眼。

"正好？什么正好？"

"你把自行车留在学校，出了校门往北走。"

"啊？不骑车就赶不上电车了哦。"

动用第三眼能力全速飞奔说不定还有戏——稔如此反驳，

由美子却给出了意料之外的回答。

“不用坐电车了。走去大马路就能看到来接你的车了。”

“接我的车？你来接我了？”

“不是我。去了就知道了，赶紧的！”

她刚撂下这句话，就把电话挂了。

“搞什么嘛，真是的……”

稔嘟囔着收好手机，将爱车留在车棚，朝校门走去。放学的学生有九成以上会沿着校门口的小路往南走——因为埼玉新都心在那个方向。但他按由美子说的，快步往北走。走个百来米，便是一条四车道的大马路。他左顾右盼……

果然不见黑色奥古斯塔F3的踪影。跟液化者的交易是稔、由美子和奥利维耶的机密任务，如果由美子不来，那就只可能是奥利维耶来了。问题是，他会开车吗?

停在马路这边的只有快递公司的卡车、雷克萨斯的大型SUV和大发Copen。哪一辆都不像是奥利维耶开来的啊。

——Copen?

稔惊得瞪大眼睛，凝视着那辆黄色的轻便运动型跑车。车打着双闪，里面却没人——至少是看上去没人。不过……

稔挪动僵硬的双脚，走向可爱的跑车。就在他走到门边的那一刹那。

咔嚓！门锁开了。

并不是有人在遥控开锁。驾驶员就在车里。稔看不见她，但她却是稔此刻最想见的人。

深呼吸后，稔伸手握住副驾驶侧的门把，打开车门，然后捧着邮差包，侧身滑入低矮的座位。关门后，他先看了看正前方，然后转头望向旁边的驾驶席。

从光学角度看，那个位置空空如也。但稔知道她就在那儿。

因为空气中有一丝甘甜的花香，还有那通过空气传来的，模糊的体温。

“……欢迎回来，雏同学。”

稔低声说道。话音刚落，天电噪音般的嗞嗞声传来，皮椅上瞬间出现一个人影。从黄色报童帽溢出的蓬松短发，美得让人惊叹的那张小脸，能让人联想到黎明天空的紫罗兰色双眸——

特课成员，折射者小村雏稍稍歪着脑袋，盯着稔的脸看了片刻，用清亮的声音说道：

“我回来了，稔同学。”

浅色的唇上，渗出一抹非常淡，却能让微微的暖流在心头涌动的笑。那时——在她为了让稔逃出混凝土牢笼将他推开之前，她也露出过同样通透的微笑。

雏明明就存在于自己眼前，稔却有种她是幻象的错觉，仿佛自己一把视线移开，她就会消失似的，不由得把上半身凑向驾驶席。然后才反应过来，克制自己的情绪，开口问道：

“你……是什么时候出院的？已经可以走动了吗？”

“今天早上出院的。头骨都长好了，已经没事了。只是在缝合的疤痕上长出头发之前，我得戴一阵子这个就是了。”说着，她碰了碰报童帽的帽檐，然后把帽子稍稍抬起，点了点头，“对不起呀，没有早点联系你……因为我想当面跟你道谢。”

“没……没事啦，你也不用道歉呀……不过你头上受了那么重的伤，还是在总部静养一段时间比较好吧……”

稔道出心中的担忧，雏却微笑着点头回答：

“脑部的血肿已经完全消失了，脑波也没有问题。医生都很吃惊呢……你还记得吗？在医院把我装进壳里的时候……”

“嗯……”

“当时，我感觉到有什么东西……说不定是某个人的手碰到了我的头，还进到了脑子里。就是那只手，把没法做手术取出的血肿拿走了……说出来你可能不相信吧，但我真的有这样的感觉。”

听到这话，稔使劲摇头：

“不，我相信你。因为我也有完全一样的感觉……那个时候，壳里除了我们，的确还有别人。虽然我们的身体和壳之间的缝隙只有3厘米……但我能感觉到另一个人的存在。”

“好神奇呀。”雏喃喃道，又往稔那边靠了靠，与他近距离对视，轻声说道，“帮我疗伤的是‘那个人’，但救了我的却是你呀。谢谢你。”

接着，她把双手伸向稔的背后，用力抱住了他。

说他一点也不慌，那肯定是骗人的。但强烈得多的安心与亲切涌上心头，让他在不知不觉中也用双手紧紧抱住了雏那纤弱的身子。

最然这条路和车站的方向相反，可这里离吉城高中毕竟只有百来米远，在旁边的人行道走过的学生完全有可能看到车里的稔。但此时此刻，这些担忧都被他抛到九霄云外去了。他只想把和雏的接触带来的所有感觉铭刻在记忆中，不漏掉一丝细节。

因为引擎没有发动，四周唯有双闪的咔嗒声在平静地回响。稔的心跳与雏的呼吸声与它重合……

过了几十秒，亦或许是1分钟，微弱的声音轻挠他左边的耳垂。

“我也很想一直这么下去……但是再不出发，就要耽误作战计划了。”

“……作战计划？”

重复过这个词组之后，他才想起即将在两小时后执行的重大任务。以及……照理说，雏是不应该出现在这里的。

稔猛地抬头，眨了两次眼睛，操着变尖的嗓音问道：

“你……你为什么会来这里啊？过会儿要做的事情，你也知道吗？”

然而，雏只是面露微笑，松手坐回驾驶席。

“边走边说吧，你也系一下安全带。”

“呃……嗯。”

稔点点头，捡起不知不觉中掉在脚边的邮差包，放在膝盖上，然后系好安全带。雏按下发动键，引擎立刻发出精神饱满的响声，苏醒过来。

Copen平稳滑动起来，开进右侧车道后瞬间加速。话说回来，雏应该还在上初三，她是在哪儿练的车啊？啊，她是不是快中考了啊？

稔不由得胡思乱想起来，但车一上高速，他就没有余力瞎想了。从新都心西匝道驶入埼玉大宫线的Copen继续加速，使出丝毫不像轻型跑车的马力接连超车。

——为什么特课的女生都那么爱飙车啊！

稔在心中呐喊着，抱紧膝头的包。

7

Copen从埼玉大宫线转入中央环线，然后在初台南匝道下到普通公路。

这一路只花了30分钟。加上去原宿站的时间，也能轻松赶上跟由美子约好的5点。

半路上，雏简洁地解释了她为什么会来接稔。

今天早上10点出院后，她坐DD开的车回到了特课总部。把行李放回自己的房间以后，她来到5楼的作战室兼休息室兼食堂，但教授不在,DD也去基地了，于是她决定以透明的状态钻进暖桌，等教授回来。

特课总部的暖桌是几天前稔奉教授之命刚组装好的。久违的温暖让雏不由得昏昏欲睡。回过神来才发现，由美子跟奥利维耶回来了。她本想打招呼，却无法摆脱倦意。就在这时，两人的对话断断续续传入耳中。

液化者、凝结者、刺击者……听到这儿，她才清醒过来，解除了隐身状态，把由美子他们吓了一跳。通过逼问，她得知了和液化者的交易，请求加入秘密行动小组（其实是她逼两人答应的成分貌似更多一些）并承担了来接稔的任务。

“其实归根结底还是由美子同学跟奥利维同学太粗心了吧……”

稔摇了摇头，雏咯咯一笑，说道：

“也怪我没现身……虽然我有用坐垫暗示自己在那儿。”

“那就更不是你的错了。可你为什么想要掺和这件事呢？回头肯定要被教授批评的……光批评可能还不够……”

雏没有立即作答，而是放慢了车速，然后在富谷路口左转，朝原宿方向开去，又在下一个红绿灯路口停了车。

“我是特课的成员没错……但更重要的是，我是把由美子同学和奥利维耶同学当朋友看的。”

她的声音是那么轻，只能勉强听见。稔瞄了旁边一眼。她双手握着方向盘，面朝正前方，但稔察觉到报童帽下面的那张脸好像略有些红。

折射者小村雏能扭转射到她身上的光线。但除了第三眼赋予她的这种能力，她还有另一种只能用“真正的超能力”来形容的力量——能看见他人的视线与包含在视线中的情感。拜这种能力所赐，她渐渐对亲生父母产生了恐惧心理，甚至有过自杀的念头。

她得鼓起多大的勇气，才能说出“朋友”这个词啊。

“……我懂了。”

稔点点头，雏却用左拳轻捶他的右肘。

“啊？”

稔无法理解这个动作的含义，再次转头望去。信号灯变绿了，雏发动Copen，随后用略带不满的声音说道：

“这个时候你应该问，‘我就不是你的朋友了吗’。”

“啊？”

话都出口了，他才反应过来。雏刚才说，她把由美子和奥利维耶当朋友看，却没有提到稔的名字。

“呃、呃……我就不是你的朋友了吗？”

“超时了，不告诉你。”

“怎、怎么能这样啊……”

稔没出息地抗议道。雏的脸上闪过一抹调皮的笑，然后猛踩油门。

雏把稔撂在原宿站的皇室专用站台南侧，随后继续往北开。

她好像跟由美子他们商量好了，不参与跟液化者的对话，只负责广场周边的警戒工作。话虽如此，这样并不能保证她的安全。因为这场交易如果是深红之眼设下的圈套，雏就得独自面对敌人的伏兵了。稔担心她大伤初愈，这就上战场是不是太勉强了。雏却掀开可爱的运动夹克，给他看藏在怀里的电击枪和手枪。

带着那些家伙也挺吓人的啊……稔带着这样的念头目送Copen远去，然后抬腕看表。下午4点45分。虽然是工作日，路上却挤满了打扮入时的年轻人。

稔从没来原宿玩过，不免产生了强烈的客场感，但他现在绝不能分散注意力。他在附近的自动售货机买了矿泉水，塞进包里，急忙赶往和由美子约定的会合地点——原宿站的竹下口闸机前。

自不用说，车站附近的人行道更加拥挤，想直走都很难。稔用鼻子深吸一口气，一边确认没有深红的气味，一边走向站口。

他本以为人这么多，要找到由美子恐怕很难，没想到白担心一场——一只手突然从侧面伸了过来，用力抱住他的胳膊。

“等——死——我——啦！”

听到这样的娇嗔，稔差点大喊：“你认错人了！”但在最后关头忍住了。因为挂在他右胳膊上的那个穿着校服的女高中生，分明是“加速者”安须由美子。

“干……干吗啊？”

他用气息喊道，由美子则压低嗓门，飞快地说：

“少啰唆，配合我一下！”

你让我配合，我也……稔边想边扭头望去，却见不远处有两个的男人正狠狠瞪着自己，上下打量，看打扮都不像是正经人。他连忙岔开视线，被由美子拽着走开了。

“……那是谁啊？”

“搭讪的。”

“啊？”

原来是这么回事。见由美子独自等在站口，那两个人就上来搭话了。为了甩掉他们，由美子才装出跟稔是男女朋友的样子。稔总算搞清楚了状况，差点脱口而出“他们真是不要命啊”，不过这一回他又憋住了，改口问道：

“话说为什么要在这里碰头啊？你应该能料到车站附近有那种人吧……”

“你好烦啊，还不是因为我不太熟悉原宿吗？再说了，约在人多的地方反而不容易被敌人偷袭。”

由美子用难掩烦躁的声音回答，继续抱着稔的右臂，沿着人行道往南走去。穿过复古站厅的表参道口，在神宫桥路口右转，走到代代木公园的高大树林映入眼帘时，她才松开手。

“呼……”由美子舒了口气。稔望向她的侧脸。由美子不悦的神情已经基本消失了，但紧张感反而比刚才更强了。稔不禁碰了碰她刚松开的手臂。

“由美子同学……离交易还有1小时呢，你现在就这么紧张，到时候会撑不住的。”

听到这话，由美子板着脸瞥了他一眼，说道：

“我们要见的是最凶恶的深红——液化者好不好，能不紧张吗？倒是你，怎么就那么淡定呢？”

“啊？”

被由美子这么一说，稔才察觉到异样。换作以前，他总会在执行任务之前觉得喘不过气，仿佛有人勒紧了他的胃。今天却完全没有这种感觉。不仅如此，就连昨天和液化者谈话时一直笼罩着他的紧张感好像都不知道跑哪儿去了。

“唔……不过嘛，今天又不是要跟她打……”

“你怎么知道一定不会打起来？人家说不定都想好了，要是谈崩了，就当场把我们都解决掉。”

“呃，那倒是……”

稔虽然点了头，却有种“今天不会发展到这一步”的预感。

但由美子说得没错。马上要见到的那个人，曾想置他们于死地。绝不能放松警惕。

“……实在不行，我会牵制住她的，你们赶紧跑。”

听到这话，由美子“哼”了一声。

“我可没胆小到要让你当诱饵争取逃跑时间的地步。”

说着，她便大步踏进代代木公园的入口广场，仿佛是为了证明自己刚说的话。

被光秃秃的树木环绕的半圆形广场还挺热闹。坐在长椅上吃东西的学生，牵着狗的母子，手持长枪短炮的老人……真要怀疑起来，每个人都很可疑，但他们总不能走到每一个人跟前闻一闻吧。

“——要是DD先生在就好了，就算有伏兵，他也能立刻看出来……”

“他没法‘看’出来，只能‘闻’出来啦。不过在特课，他的索敌能力的确是最厉害的……但这次没法靠他了。要是液化者发现来赴约的不止我们三个，她肯定不会现身的。”

“对哦……”

从这个角度看，小村雏的中途加入也有一定的风险，但她能完全隐身。除非是静悄悄的密室，否则不可能被人发现——他只能这么坚信了。

他再次抬手看表，这才刚过5点。

“还有不到1小时……”

稔指出时间还早，由美子却转过头来，表情仿佛在说“那又怎么样”。

“总不能把搜索伏兵的任务全丢给小村同学吧。我们也要在公园里转一圈。”

“转一圈当然没问题……可要是半路上碰巧遇到了液化者怎么办啊？”

“当作没看见，继续往前走。”

“哦……”

也是，只能这么着了。稔追着由美子走进公园。

根据在电车上死记硬背的信息，代代木公园的占地面积约为54万平方米，是东京二十三区的第五大公园。一条大马路将公园分成南北两块。南侧的B区有足球场、篮球场和田径场，北侧的A区有森林、广场、喷泉等。液化者指定的碰面地点“中央广场”正如它的字面意思，位于A区的正中央。

两人姑且朝广场走去，发现公园里的人也比预想的多。现在毕竟是隆冬，又过了5点，四周已经相当昏暗了，但这边的整体氛围跟稔家附近的秋濑公园全然不同。

“……在哪里跟奥利维同学会合啊？”

“5点50喷泉见。”

“啊？那还得分头行动50分钟吗？为什么啊？”

“这样能检查到的范围更大啊。其实我们也分开走是最好的，但你身上没带武器啊。”

由美子说得那么一本正经，稔只能点头回答：“哦……”

除了“剑客”奥利维耶，特课成员的确都配备了电击枪、手枪之类的武器。就连还在上初中的雏都配了枪，却没人跟稔提过武器的事情。这是为什么呢？

由美子仿佛读懂了他的心思，轻声说道：

“你要想配枪也行，但是在那之前，你得先狠狠练一阵枪法才行。不过……无论是手枪还是电击枪，都跟你的能力不太搭，所以教授才特意没让你带武器的吧。”

“不搭……”

重复完这两个字之后，稔才想明白。还真是不太搭——要是在拿着手枪的状态下展开防御壳，枪说不定会被弹开。就算能纳入壳中，一打开枪，子弹便会在内部弹跳，伤到稔自己。电击枪也一样，要用就得解除防御壳，可站在漆黑之眼的角度看，那岂不是本末倒置吗？

“唔……那我暂时先赤手空拳坚持一会儿吧……”

稔叹着气说道。由美子冷冷地点头道：“是啊。”但她好像跟稔想到一块儿去了，随即补充道：

“不过嘛，你光靠自己的能力就能当一个很厉害的坦克了，也没必要勉强自己配枪的。”

“坦……坦克？”

“至于这个词的意思嘛，你回头去问奥利维好了。别瞎扯了，快到中央广场了……不动声色地看看周围的人。”

“哦……哦。”

稔按由美子说的左右扫视，同时不由得想：她刚才那话是在安慰我吗？

环绕中央广场的步道全长1.2公里。两人花了20分钟，慢慢走了一圈。在和他们擦肩而过的那些人里，有三分之一是来跑步的，还有三分之一是情侣和拖家带口来散步的，剩下的三分之一看不出是什么来头。但别说是深红之眼的气味了，稔连一点可疑的迹象都没发现。

如果这场交易真是敌方组织的圈套，是为了把稔、由美子和奥利维耶一网打尽，那他们肯定得在广场周边安插相当多的深红之眼。我方的“雷达”不可能捕捉不到一点蛛丝马迹。

然而，由美子并不满足于只绕一圈。她直接走过和奥利维耶的会合地点喷泉，开始走第二圈。走着走着，天空渐渐染上了深蓝色，人的面貌也变得越来越难以分辨了。无奈之下，稔只能在走路时把注意力集中在嗅觉上，觉得自己仿佛变成了野兽。

忽然，他想起了液化者昨天临走时说的那句话。

——小朋友，你身上有股味儿哎，很不明显就是了。

稔顿感心神不宁，拉起校服的衣领，准备闻闻自己身上的气味。见状，身旁的由美子惊呼：

“你这是干吗啊？”

“呃……闻闻身上有没有汗臭味……”

“哈？现在纠结这个干什么？不会是因为马上要见到液化者了吧？”

“才……才不是呢。呃，也不是跟她完全没关系吧……她昨天……”

可稔没能把这句话说完。因为背后传来了响亮的脚步声，听着像是来人故意在脚上用了不少力气。

他跟由美子同时回头望去，只见身后是个男人，穿着黑色皮夹克和破得过分的做旧牛仔裤，头戴松松垮垮的针织帽，脚踩粗犷的工装鞋，左肩还搭着个吉他盒。

他是谁？稔顿时起了戒心，但男子默默抬起帽边，露出一张熟悉的俊脸。那竟是分割者奥利维耶。

“……你怎么穿成这种傻样了啊？”

由美子很是无语。奥利维耶的表情却仿佛在说“你不懂我的一片苦心”。

“要带着长家伙在原宿周边晃悠，这么乔装打扮最合适了好不好。总比钓鱼的、练剑道的像样吧。”

“要是警察拉住你问话，我绝对装作不认识你。”她毫不留情地断言，随即正色道，“然后呢……发现可疑人物了吗？”

“完全没有。你们呢？”

“一样。小村同学也没发警报来，越来越不像是圈套了呢。”

“嗯……”

奥利维耶哼了一声，迅速环视四周。稔也在他的影响下扫视起来。

他们此刻正站在中央广场南侧的喷泉广场入口。面朝大水池的方形空间摆了十几条长椅，其中有三条有人坐着，但好像都是情侣。当然，他们完全有可能是深红之眼假扮的情侣，由美子刚在原宿站用过同样的手段。可是离得这么近，如果真是敌人，他们肯定能有所察觉。

“……不过对面不是什么好对付的角色。还是别放松警惕为好。”

奥利维耶一边把帽子往下拉一边说道。由美子也迅速点头。

“那是当然……还有5分钟，差不多该过去了。”

听到这里，稔总算紧张了起来。他觉得有些口渴，便从包里掏出瓶装水，咕嘟咕嘟喝了几口。见状，由美子把右手一伸：

“也给我喝点。”

“啊？哦，给。”

要是在高中的教室里做这种事，绝对会有人起哄的……就算不起哄，也会引起一阵小小的骚动。但稔把瓶子递给由美子，同时在心中一遍遍告诉自己，我现在不是学生，而是特课的战斗人员！由美子淡定地接过瓶子，喝了两口，望向奥利维耶，见他微微摇头，便拧好瓶盖，递回给稔。

稔把瓶子塞回包里，与两个同伴交换眼神。三人默默点头，迈开步子。

他们穿过纵贯喷水池的小桥，走向中央广场。据说每逢赏樱的季节，这一带的人就会特别多，得提前占位置才行。但现在还是1月，草坪一片枯黄，好一派萧瑟的光景。走出步道，踏进广场，四周就完全没人了。

原宿站周围明明热闹得挪不开步子，500米以西的这里却有如此冷清的空间……稔觉得有些不可思议。在这里会面的确能在很大程度上排除周围有人埋伏的可能性，而且还没有监控摄像头。

三人走向广场中央。由美子带头，奥利维耶走中间，稔殿后。空中已不见晚霞的颜色，不过多亏了涩谷和原宿的灯光与第三眼，他的视野并不受影响。寒风吹拂的广场上，仍不见液化者的身影。

——不，稔他们是从南边来的，而广场北边有一个黑色的轮廓正径直朝他们走来。走在前面的由美子和奥利维耶顿时放慢了速度。稔也放缓脚步，凝视那个人影。

来的是个女人没错——但她右手提着个破旧的托特包，左手拎着个白色购物袋，穿着红褐色的羽绒服，裹着米色的围巾，怎么看都是个寻常的家庭主妇。是不是附近的居民在抄近路啊？稔差点就放松紧绷的肩膀，可就在这时。

“就是她！”

由美子低声说道，奥利维耶也默默点头。

话音刚落，两人立刻停住，那个主妇打扮的人影也停下了。双方相隔大约5米。离得那么远，连对方的长相都看不清楚。

这时，主妇又走了起来。每一步都走得小心翼翼，仿佛是在检查脚下的情况。双方的距离逐渐拉近。由美子用右手确认电击枪的位置，奥利维耶也把吉他盒从背后挪到了侧面。4米，3米……2米。

“Bonsoir（晚上好）。”

听到乘风而来的流利法语，稔终于确信她就是液化者。虽然她散发出的气场分明是个为生活所累的主妇，看起来也比昨天的女高中生老了十几岁，但那双在略显凌乱的刘海下释放出凌厉视线的眸子又怎么可能属于别人。在视线相交的那一刹那，稔的两条胳膊顿时起了鸡皮疙瘩。他险些展开防御壁，却拼命忍住。

“……你这是乔装打扮过了，还是说这就是你的真面目？”

由美子却用听不出一丝紧张的声音发问。液化者今天的妆有些浓。她眨了眨眼睛，用日语回答：

“这方面的情报不包含在交换条件内。”

“那你至少得告诉我们购物袋里都装了些什么吧！”

由美子厉声诘问，液化者却依然从容。

“都是些吃的啦，在参宫桥的超市买的。”

“你干吗要在这种时候跑去买吃的啊？”

“伪装兼实用吧。我也是会饿肚子的啊。”

她用优哉游哉的口吻回答，窝在围巾里露出一抹浅笑，但随即换回严肃的表情，轻轻点头致意。

“首先，感谢你们答应我的请求。你们的其他小伙伴、自卫队的某某部队和警察好像都没来，就算有其他人在，也只可能是那位透明女孩了吧。如果她来了，还是别勉强人家为好，毕竟才受过重伤呢。”

听到这儿，稔顿时觉得胃部逐渐升温。雏的头部之所以受重伤，都是为了逃出液化者设下的液化陷阱啊。但稔在心中反复告诉自己，这事说到底只能怪他们自己潜入了“组织”的据点，拼命忍耐。

按由美子的性子，她应该也听得火冒三丈，却没有发作。

“多谢忠告。看来你也挺有诚意的啊。”

“我当然有诚意了。谁会为了小气的圈套特地跑去大宫那样的乡下地方啊。”

“那可真是委屈你了。”

稔不禁插嘴。液化者扬起嘴角，一脸讥讽。

“哎呀，我还挺喜欢大宫的呢。天空一望无际，特别有开阔感。”

“这不就是在拐弯抹角说我们那儿偏僻吗……”

这番对话让气氛稍有缓和。可就在这时……

“观星者在哪儿？”

一直保持沉默的奥利维耶低声问道，使气氛顿时紧张起来。

他左手的指尖搭在吉他盒的带扣上，做好了随时开盖的准备。盒子里装的显然不是吉他，而是他最称手的武器长剑。虽然面对能将所有固体液化的液化者，这样的武器是无力的，但奥利维耶也很清楚这一点，而且还以此体现出他坚定不移的决心。

论决心，液化者恐怕也毫不逊色。她的液化能力需要用手掌碰触对象物体才能施展，但她正戴着厚厚的手套，两手还提着托特包和购物袋，言外之意难道不是“我不会先动手”吗？

话虽如此，她貌似也没有要阿谀奉承的意思。深红之眼彻底收起笑容，将冷酷的眸子转向奥利维耶。

“我们一轮一轮地‘交易’吧。只有先回答一个问题，才能问一个问题。怎么样？”

“……行啊。”

“为表诚意，我先送一个答案给你们吧。观星者……你妹妹就在深红之眼组织的大本营。”

“大本营在……”

奥利维耶急得往前冲，但他许是想起了“一问一答”的约定，没有往下说。倒是由美子开口问道：

“那你想问什么？”

“凝结者在哪儿？”

这个问题和奥利维耶的刚才问的完美对应，不过由美子没有立刻作答。她虽然决定要跟液化者交易，但还是对“泄露特课的机密情报”这件事抱有一定的抵触吧。然而事已至此，已经骑虎难下了。

“……他在特课的合作医院。”

她用僵硬的、干巴巴的声音，道出真相的一部分。

液化者点点头。奥利维耶再次上前半步。稔本以为他会问刚才那个问题，不料他问的却是：

“刺击者在哪儿？”

这大概也出乎了液化者的意料，只见她一脸严肃地打量奥利维耶。但她没有多说废话，而是抬起了握着托特包的右手。

“我昨天已经跟小朋友解释过了，我只能探测出一个大致的方向。不过这几天刺击者几乎没怎么动，所以我只要移动一下，就能在很大程度上缩小范围。那家伙现在正潜伏在南麻布周边呢。”

“南麻布……”

稔一边听奥利维耶喃喃自语，一边问由美子：

“呃，南麻布在哪儿来着……”

“广尾以东，白金以北……就不能再精确一点吗？”

后半句是对液化者说的。深红之眼把手放下，轻轻耸肩。

“凑得近一点的话，当然可以进一步缩小范围。但是有被对方发现的风险。”

“……原来如此。”

见由美子点头，液化者再次收起表情说道：

“那么轮到我了——把凝结者所在的医院的详细位置告诉我。”

“……”

站在稔左前方的由美子抿紧双唇。

她之所以犹豫，绝不单单因为这是机密事项。如果液化者向医院——NCAM的11层发动袭击，医护人员和警卫极有可能出现伤亡。交易固然是为了救出奥利维耶的妹妹，但这么做要是会造成无辜群众的牺牲呢？事情可没有这么简单。

液化者凝视着闷不做声的由美子问道：

“交易到此结束？”

“不……继续吧。”由美子如此回答，用难掩苦恼的口吻继续说道，“但我希望你能答应我一件事。就算我们透露了医院的位置，也请你不要强攻。”

“……哈？你想得也太美了吧？”

液化者悄然说道，松开双手的购物袋。只听见“咚”的一声，袋子落在草坪上。

套着绒面短靴的双脚喷出极低温的杀气。由美子迅速往后跳，奥利维耶弹开吉他盒的带扣。稔又一次险些展开防御壳，却再一次在最后关头忍住了。

液化者用锥子般尖锐的视线逐一刺穿高度戒备的三人，说道：

“你们之所以同意跟我做交易，还不是为了通过‘强攻’夺回观星者吗？凭什么你们可以，我就不可以了？”

“也是。”由美子喃喃道，摆正前倾的身子，“所以这只是我的请求。况且……就算是你，随便闯进去就能把凝结者救出来的可能性也很低。那家医院有强大的防御系统，其中包括了两百兆帕斯卡级的高压水枪。”

听到这话，液化者面不改色，但她缓缓收起杀气，捡起地上的托特包和购物袋。

“……原来如此啊，我的确对付不了高压水流……不过水枪的有效切断距离好像只有几厘米吧？就算从天花板发射，也能杀死地面的人吗？”

“这也算一个问题吗？”

由美子的反问让液化者露出一丝苦笑。

“不，刚才的问题你不回答也行。那水枪肯定不同寻常，能置人于死地——医院的防御力很强大，对这一点我已经有了清楚的认识。但我的答案是不会变的。我不能向你保证我不会攻进去……因为我就是为了这个才提出要跟你们交易的啊。”

“……”

由美子猛吸一口气，大概是想再两句，但她到头来还是没说出口。

液化者其实是在向他们郑重宣布，明知有生命危险，她也要单身闯入敌营，把凝结者救出来。既然她的决心如此坚定，再多费唇舌又有什么意义呢？

凝重的沉默久久没有散去。液化者终于忍不住张口了。她大概是想说“交易到此结束”吧。不料没等她发话……

“这话不对吧。”

奥利维耶重新扣好带扣，如此说道。

“怎么……不对了？”

“你之所以提出要跟我们交易，并不是为了‘袭击医院’，而是为了‘夺回凝结者’不是吗？”

听到奥利维耶低沉而沙哑的声音，液化者缓缓眨了一次眼睛。

“这跟我刚才说的有什么不同吗？”

“当然有……我可以帮你夺回凝结者。”

分割者斩钉截铁道。稔和由美子望着他，哑口无言。液化者好像也很吃惊，用法语喃喃道：“Oh là là（天啊）……”然后改用日语说：

“分割者，你知道自己在说什么吗？光泄露情报也就罢了，你要是帮我，下一个被抓起来的可是你啊。上头一定会觉得你被洗脑了，做手术摘除你的第三眼也是完全有可能的。”

“我不在乎……只要让我先把克蕾雅救回来。”

奥利维耶没有用代号，而是直接报出了妹妹的真名。他先看了看由美子，然后望向稔。他的表情虽然平静，但蓝灰色的双眸深处写满了悲痛。

齐藤克蕾雅就是凝结者三川溜掳走的，奥利维耶一直对他抱有强烈的敌对情绪。他之所以要求旁观凝结者的第三眼摘除手术，想必也是因为他想亲眼见证宿敌的结局吧——虽然那只是他的“深红之眼生涯”的结局。

这样的奥利维耶居然提出，要帮液化者救出凝结者。稔当然很惊讶，但与此同时，他又觉得一切都在情理之中。为了救回妹妹，奥利维耶什么都愿意做。稔能理解这份决心。不，他甚至觉得，就该这么做。所以——

“我也来帮忙。”

听到稔这么说，奥利维耶一脸无语的表情，扬起眉毛说道：

“你是不是傻啊，孤独者，你没必要跟着一起冒险啊。”

“可是两个人的成功率总比一个人高吧？这样也更容易说

服液化者不是吗？”

“我说你啊……”

奥利维耶正要继续反驳，却突然哑火了。因为由美子往前迈了一步。

“你都说到这个份上了，我也只能说三个人比两个人强了啊！”

由美子举起双手。稔跟奥利维耶都想说点什么，却双双词穷。见三人苦着脸，面面相觑，在一旁默默看着的液化者突然长叹一声。

“唉……看到你们这副样子，我的好多观点都有些动摇了。不过嘛，既然你们有意帮忙，我当然也不打算一口拒绝。只是……”她用重拾犀利的双眸依次注视三人，“你们有什么具体的计划吗？难不成你们是准备替我杀进医院，把凝结者带出来？”

稔也以为他们得硬闯医院，谁知奥利维耶轻轻摇头。

“这样也无法避免伤亡。我不想让任何人因为这件事受伤。凝结者将在今天深夜被转移到别处。最好的方法，就是趁他在车上的时候动手。”

“啊？”惊呼来自由美子，“转移？我没听说啊，你是怎么知道的？”

“因为负责押车的是我跟探索者。是1小时前刚来的命令，我也是那个时候才知道他要转移的。”

“1小时前？”由美子迅速瞥了眼手表，追问奥利维耶，“这也太仓促了吧！教……司令在搞什么啊！”

不用特地改口说“司令”，直接用“教授”应该也没问题吧……就在稔开小差的时候，奥利维耶摇了摇头。

“这不是司令的意思。命令是从很上面来的。应该是让孤独者进到‘那个地方’的那群人吧。”

“……”

连稔都能听到由美子咬牙切齿的声音。

“那个地方”指的是东京湾核电站。据说下令让稔去堆芯执行任务的，是管辖特课的厚生劳动省的高层。如果这次的命令也是如此，那不知名的厚劳省干部究竟想把凝结者转移到哪里？这么大费周章又是为了什么？

液化者的沉吟，又为紧绷的空气平添了几分紧张。

“我可不觉得他会被转移去比医院更好的地方。既然是这样，那我就更不能袖手旁观了。我也要跟你们一起去。”

“……前提是你只能液化车子。”

“我不敢打包票，但可以努力一下。”

听到液化者的回答，奥利维耶皱起眉头，但还是点头了。

看来，稔今晚十有八九要跟液化者合作，从一无所知的DD押的车里劫走凝结者。无论他们制定怎样的计划，一场混战是跑不了的。事后他必然会被特课开除，第三眼大概也会被摘除吧。当然，他跟冰见课长的约定——等一切都结束了，请课长把周围所有人记忆中的稔抹去——怕是也没指望了。

但他为了救奥利维耶的妹妹竭尽全力的事实是不会被抹去的。如果亡姐若叶此刻就在他身边，也一定会让他去帮忙的。

“……该我们提问了。”由美子代替再次陷入沉默的奥利维耶发问，“囚禁观星者的大本营在哪儿？”

“……我不能透露具体的位置。”

液化者的低语被由美子的厉声盖过。

“事到如今还吞吞吐吐的！是你主动来找我们做交易的好不好！”

“我知道，可我不能说。因为……”

谁都没听到她的后半句话。

因为原本站着的液化者突然一屁股摔在了地上。她摔得特别重，就好像有人在她身后来了一记扫堂腿。购物袋也砸在地上，发出闷响。

是有人在远处狙击，还是隐身了的雏把液化者弄倒了？稔的头脑飞速运转。但是在0.5秒以后，他意识到此事另有玄机。

因为来自运动鞋底下的地面触感消失了，仿佛自己正踩在打磨得非常光滑的冰面上——不，在冰上再洒几桶油还差不多。那是一种超乎想象的平滑感。稔根本站不住，整个人往前倒去。他试图用双手撑住自己，谁知手掌也打滑了，到头来还是横着翻倒了。

由美子跟奥利维耶也在同一时间摔倒，挣扎着喊道：

“怎……怎么回事？”

“可恶，怎么滑溜溜的……”

稔也拼命挣扎，试图站起来，同时仔细观察地面。

他的脚下本该是枯萎苍白的草坪，此刻却连一根草都看不到。取而代之的是富有光泽的浓灰色薄膜，看着就跟塑料膜似的，直径足有20多米。覆盖地面的膜明明很软，却完全抓不起来，无论怎么用力戳，手指都会在表面打滑。

寻常人绝对不可能在四人毫无察觉的情况下把这种玩意插进他们的鞋底与地面之间。也就是说，这是——

“第三眼能力！”

唯一没在挣扎的液化者为稔喊出的这个词组提供了佐证。

“这是……润滑者的……”

稔对这个代号全无印象。由美子和奥利维耶貌似也没听过，双双倒在地上瞪着液化者。

“你竟然叫了帮手？”

面对由美子的谴责，液化者迅速摇头。

“没有啊！我是一个人来的。先别说这个了，得赶紧逃出去，否则……”

话还没说完，她就把头往右一转，一边拼命稳住身子，一边抬起右手。

就在这时，只听见远处传来“噗”的一声，液化者手套的掌心部分化作无数水珠，四散开来。有好几滴甚至飞到了稔的眼前。茶色的水滴是液化者用能力液化的化学纤维，而哑光的金属颗粒……片刻前还是子弹。

这一回，是真的有人对她开枪了。

稔清楚地认识到了这一点，朝枪声传来的方向望去。广场的东北侧有一棵高大的榉树，树下站着一个人。因为四周太昏暗，双方又隔了50多米，稔只能看到模糊的轮廓，但那人手里好像没有大型来复枪。离得这么远，用手枪怕是很难瞄准吧？

就在这时，人影举起双臂，仿佛是在嘲笑稔刚才的念头。只见人影前方连着出现三团小小的闪光，微弱的空气压缩声传来——液化者的右手与左肩应声中弹。

她好像用右手液化了前两发，但第三发让对方得手了。肩膀处的羽绒服被打破了，羽毛如白雪般飞扬。

“呜……”

液化者发出轻微的呻吟，侧身倒在塑料膜上，朝稔滑来。在南青山的战斗中，液化者把由美子胡乱发射的子弹全都液化了，甚至不用亲手碰到子弹，为什么这一次却失手了呢？

稔带着些许疑惑，接住液化者的身子，查看她左肩的弹痕。从大衣破口溢出的羽毛被瞬间染成了红黑色。

他抬头望去，只见树下的人影正要第三次举枪。

液化者露出骇人的表情，再次举起右手。

稔把液化者一把拉到自己身后，展开防御壳。这么做有一半是出于理智的判断，不能在这个时候失去宝贵的情报来源，另一半则是本能的冲动。

在声音全无的世界中，袭击者的枪口接连闪光。稔保持跪姿，小小的火花在他胸口绽放了两回，另一发则命中面部。虽然他完全没感觉到冲击力，却清清楚楚地看到子弹撞到防御壳后一边变形，一边被弹开的过程。

要是他再晚1秒展开防御壳，现在肯定已经没命了。

稔细细感受着这个事实的分量，同时拼命张开双臂，试图保护身后的三人。

防御壳表面的摩擦系数为零，而覆盖地面的仿塑料薄膜也是摩擦系数低得可怕的物质。根据教授的分析，稔带着防御壳行走时，貌似是把脚底“固定在空间中”的，但这种力量此刻完全无法发挥出作用，他的全身都很不稳定，仿佛是在磁力的作用下悬浮在半空中。

但稔抱着决不让三人受伤的决心，保持双臂张开的姿势。

远处的狙击者放下枪，然后就这样快步朝他们走来。当双方的距离缩小到30米时，稔总算能看清对方的身形打扮了。

他的身材瘦长，穿着灰色的风衣，里面是黑乎乎的西装，甚至还打了领带。和风衣颜色相同的礼帽压得很深，下面的面容却看不到。倒不是因为太暗，而是因为薄薄的蒙面布裹住了他的整个头部。

没有刑警会穿成这样，就算有，也一定是先警告再开枪。而且他右手握着的大型手枪还装着消音器。

也就是说，风衣男是深红之眼。他通过某种手段得知了今晚的交易，于是便出面阻挠了。困住稔和伙伴们的塑料膜也一定是他的特殊能力。

至于为什么没闻到深红特有的气味，稔也想不出个头绪来。但这个问题可以事后再慢慢研究。当务之急，是对付这个企图将在场的所有人一网打尽的风衣男。

稔才刚想到这儿，视野右侧的角落就有了动静。

在稔张开的右臂下方，由美子举起了手枪。在摩擦力不起作用的薄膜上，她是如何固定姿势的？原来她把上半身架在了躺倒的液化者的腹部上。把仇敌当桌子用——两边的心情肯定都很复杂，不过在“眼下最重要的事情是保命”这一点上，她们应该可以达成一致。

由美子双手握着的小型自动手枪也是带消音器的。黄色的火光连闪两次。风衣男离他们只有20米了。按由美子的枪法，应该是能打中的。

稔对她有信心，包裹对方胸口和侧腹部的布料也的确绽开了口子。

然而，风衣男只是微微晃了几下，却没有停下脚步。由美子又开了一枪。子弹好像击中了他的左脸颊，可他还是不停。

双方的距离只剩15米了。

眼看着风衣男走到困住四人的塑料膜的边缘附近，举起装有消音器的大型手枪，对准稔的左下方——液化者的身体有一部分露在防御壳照顾不到的地方。

由美子继续射击，风衣男也开火了。稔朝射击线扑去，好不容易挡住了敌人的子弹，却也失去平衡，再次倒在薄膜上。他急忙试着爬起来，无奈防御壳与薄膜的接触点不存在丝毫的摩擦力，以至于他根本无法撑起身体。

下一枪挡不住了——

就在稔咬紧牙关的时候，蓝白色的光在风衣男背后激烈闪烁。那是电击枪在放电。

被高压电击中的风衣男猛地后仰，却在同时用力挥舞握着枪的右手。连稔都能清楚地看到，他的手击中了某种透明的东西。

夜色中，一个娇小的人影在明灭闪烁中现形。那个摇晃着倒在草地上的人，分明是小村雏。缓过气来的风衣男将枪口对准了她。

“哇啊啊啊啊！”

稔在壳里咆哮着，挣扎着，一心想冲到雏的身边。由美子乱开了好几枪，有几发子弹明明打中了，可风衣男愣是屹立不倒。

在消音器对准雏的头部的那一刹那——

一道银光划破夜空，刺穿了风衣男的右臂。

是剑！一柄西式长剑深深刺入男子的上臂。那应该是奥利维耶扔过去的。手枪应声脱手，还没落地就被雏抓住了。她以极其灵巧的动作握住枪柄，以倒地的姿势对准风衣男连开数枪。

风衣男再厉害，超近距离的枪击还是让他东倒西歪，仿佛是在跳舞一般，礼帽也被打飞了。被灰色的薄布包裹，看不见眼睛和嘴巴的面部暴露无遗。

可他还是没倒下。就算是第三眼宿主，皮实成这样也太不可思议了。只见他摇晃着后退，用左手拔出插在右臂的长剑，随手一扔，随后便转身跑远了。速度还快得惊人，完全不像伤员。

男子的背影融入夜色，消失不见。

稔解除防御壳，用手撑地，塑料膜般的滑腻感却不见了，只觉得摸到了粗糙细碎的粉末。他也想搞清楚这是怎么回事，但事情要分轻重缓急。

“没……没事吧？”

稔强压着心中的焦急，对仍然倒在他背后的液化者问道。

用右手捂着左肩的液化者带着苦笑回答：

“我没事，小朋友。快去看看透明女孩吧。”

“……好！”

稔一跃而起，冲向倒在十几米开外的雏。她好像没有出血，但用左手捂着头的侧面，肯定是被风衣男打中了。

“雏……折射者，你没事吧？”

稔急得嗓门都变尖了。雏皱着眉头，微微点头。

“没事，就肿了个包。”

“你的头才做过手术，还是赶紧去医院吧……”

“不着急。”

雏坚称自己没事，把左手伸向稔。稔握住她的手，轻轻拉她起来。

站起来以后，雏轻轻摇头，好像是在确认头疼的程度，然后低头望向还用右手握着的大型手枪，呢喃道：

“SOCOM手枪……”

这大概是枪的名字吧，但稔不明白雏的表情为何如此凝重。奥利维耶的长剑就掉在附近。他捡起剑，回头一看，剑的主人刚好走了过来。

稔把剑柄递过去，同时点头道：

“谢谢你，分割者。要是你没扔出这把剑，我们肯定没法击退那个风衣男。”

“我还要谢谢你呢，孤独者，辛苦你当坦克啦。”

奥利维耶撇嘴一笑，接过剑，装进吉他盒放好，随即换上严肃的表情，朝风衣男逃走的方向望去，然后缓缓摇头，用发牢骚的口气说道：

“真是的……刚出院没几天啊……抱歉，后面的事情就拜托你了。”

“啊？”

稔一头雾水，忙打量奥利维耶的全身。

他这才发现，奥利维耶的右手正用力按着腹部的左侧。液体从他的指间渗出，一滴一滴落在地上——那分明是血！

“奥……奥利维同学！”

稔用嘶哑的声音喊着他的名字，伸手去扶，无奈为时已晚。分割者全身一软，面朝下栽倒在地。

8

1小时后——1月7日，晚上7点30分。

稔独自走在街上，步履匆忙，右手提着药妆店的购物袋。

井之头大道以西的商店街虽不及原宿站前热闹，来往的行人却也不少。这条路貌似叫“神山大道”，可路灯铁杆上挂的路旗广告分明用黑漆漆的哥特体写着“奥涩”这两个字。稔过了好一会儿才反应过来，那是“涩谷深处”（**注：日语中“奥”有内部、深处的意思**）。

他走了几分钟，穿过商店街的中段，然后往左拐进井之头大道。他要去的地方在巨大的NHK放送中心后方，是一家商务酒店。走进大堂之后，他直接走过前台，坐电梯来到6层。确定走廊里没有别人以后，他才走去深处的标间，把房卡插进门锁。听到“咔嚓”声，他便拔出房卡，迅速进屋。

听到关上的房门自动锁好，他轻舒一口气。然而事态依然严峻，还远没有到能放松的时候。

先去洗脸台把手洗干净，再穿过短短的走廊，来到卧室。细长的房间还算宽敞，近处摆着沙发，远处有两张单人床，其中一张床上躺着一个女人。

“……久等了。”

稔边说边朝她走去。她没有起身，只是低声回答：“Merci（谢谢）。”只见她从盖在身上的毛毯下面抽出右手，把手里握着的小型手枪放在床头柜上。

——今天见到的女人个个都有枪啊。

稔边想边把药妆店买来的东西掏出来，逐一摆在沙发前面的桌子上。消毒药水、止痛药、大号水胶体创可贴、抗生素软膏、绷带、剪刀、镊子、包扎胶带、酒精湿巾……外加4000多块找零。

“你刚才说的，我都买来了。”

“多谢。”

她——深红之眼液化者用日语再次道谢，然后把脚挪下床，慢慢站起身来。见她站得不太稳，稔欠身要扶，她却抬起右手让他别动，自己走到沙发跟前，一屁股坐下，闭上双眼宣布：“那就开始吧。”

“……好，我随时都可以。”

听到稔的回答，液化者解开了紧紧绑住左肩的毛巾。象牙色的针织衫多了一大块红黑色的污渍，从肩膀直到手肘附近。她眉头紧锁，身子前倾，抬头望向稔说道：

“帮我把针织衫脱了。”

“啊？”

“快点！我本想直接把衣服剪开的，但那把剪刀剪起来太费时间了。”

“呃，可……”

稔本想说“可我下不了手”，然而就在他们说话的时候，伤口仍在继续出血。他只能反复暗示自己“情况紧急，顾不了那么多了”，然后伸手抓住了液化者背后的衣角，小心翼翼地往上拉。先让头钻出来，再往下拉，把两条手臂也抽出来。

还好针织衫下面是一件款式简单的吊带衫，不至于“无法直视”。更严重的问题，在于左肩的枪伤。

雏说风衣男用的是“SOCOM手枪”。那枪貌似比由美子他们的佩枪的口径更大，伤口自是惨不忍睹。子弹在雪白的肌肤开了一个直径1厘米以上的洞，鲜血不停地往外渗。

液化者一看到自己的伤口也是狠狠皱了皱眉，但她迅速拾回平静的神情，说道：

“拿碘伏给我。”

“好。”

稔把消毒药水的瓶盖拧开，递了过去。液化者毫不犹豫地把药水浇在伤口上。特征鲜明的气味扑鼻而来。“嘶……”没忍住的低吟传来。

“镊子。”

“给。”

稔撕开镊子的包装袋，递给液化者。她用碘伏冲洗了镊子的前端，等待片刻后，才把镊子伸向左肩的伤口。然而她的手瑟瑟发抖，怎么都稳不住，也许是因为她此刻正忍受着强烈的疼痛。

“……不行啊，小朋友你来吧。”

“啊？我……我不会啊！”这回轮到稔使劲摇头了，“我从没给人取过子弹啊……”

“我也没试过啊！放心吧，离大血管远着呢，我也不觉得手麻，只要用镊子夹住，再拔出来就行了。”

“可……可是……”

“求你了，回头你想要什么我都买给你。”

“……我又不是三岁小孩……”

稔无力地抗议，然后做了个深呼吸，下定决心。屋里只有他们两个。既然她不行，那就只能由稔动手了。

液化者把镊子递回给他，随即倒向沙发的靠背。稔弯下腰，凝视创口。好暗啊……他才冒出这个念头，伤口内部的亮度便上升了，也许是第三眼启动了暗视模式。

那团金属色的东西竟在一个很浅的位置。看来子弹是被肱骨大结节周边的骨头挡住了。这么浅的话，好像还有戏……这个念头在脑海中一闪而过。但他随即想起，液化者都没有上麻醉啊。

“要不……你先吃点止痛药吧……”

“非处方药的效力太弱了，这种伤得吃一大把才管用。而且我要是真吃了，战斗力一定会受影响的。待会儿我会稍微吃一点的，现在不用吃，你直接拔吧。”

“……哦。”

稔告诉自己：只要我还在战斗，说不定有朝一日让别人帮忙取子弹就是我。他下定了决心，将镊子的顶端插进伤口。

他本想尽可能不碰到伤口，可那未免太强人所难了。液化者轻轻呻吟着，用右手握住了稔的左臂。

稔屏住呼吸，把镊子一点点往里推，片刻后便碰到了一个硬物。于是他稍稍松手，让镊子把嘴张开，再往里插一点，夹住子弹。不用力就夹不牢，可要是用力过猛，镊子顶端便会打滑，在伤口内部猛烈碰撞，带来巨大的痛苦。他只能小心翼翼地控制力度，慢慢地往外拔。

子弹明明只有1.5厘米深，他却觉得拉了足足15厘米，连自己还憋着气都不记得了。他谨慎地抽回右手——终于把那团金属拔出了伤口。

“呼……”

稔喘着气，整条右臂顿时放松下来。镊子松开的子弹滚落在地毯上，发出沉重的响声。

液化者也呼出一大口气，松开稔的左臂，无力地瘫坐在沙发上。缓了好久，她才用碘伏给伤口又消了一次毒。

“……给我创可贴。”

听到她发话，稔连忙打开纸盒，取出一张大号水胶体创可贴。这时，他忽然想到了一个问题：

“呃……不用缝合伤口吗？”

“缝一下当然更好，但我不会啊，你也搞不定的吧？”

“绝……绝对搞不定。”

“算了，反正血已经差不多止住了，应该没有大碍了。把创可贴贴上吧。”

“……哦。”

稔服从指示，用创可贴牵引左右两侧的皮肉，封住口子，再仔仔细细缠上包扎胶带。应急处置姑且算是完成了。可是……

“呃……我觉得你还是尽早去医院看一看比较好……”

听到这话，液化者面露冷笑：

“小朋友啊，你知道寻常的大夫看到这样的枪伤会是什么反应吗？他会给你治，但也会报警的啊。深红之眼没有官方撑腰，这种伤只能自己想办法处理啊。”

稔这才想起眼前的这个女人是和他们漆黑之眼水火不容的敌人。可不知为什么，萦绕在心头的忧虑却迟迟没能散去。

“可……不好好处理，不是会留疤的吗……”

“哎哟，你是在担心我呀？”

“当然……会担心啊，都怪我挡得太慢，你才会中弹的啊。”

稔低头回答。片刻后传入耳中的却是抿嘴轻笑的声音。

“你在这种奇怪的地方特别讲义气呢。不用太放在心上，会留点疤是肯定的，但跟打BCG疫苗的针眼差不了多少。”液化者如此断言，自己动手打开了止痛药的包装盒，随后抬起头，把视线甩向房间角落的冰箱，“麻烦你帮我拿瓶啤酒过来。”

“啊？哦……”

起身后，稔才反应过来，摇头道：

“不……不行不行！受伤了怎么能喝酒呢！喝矿泉水吧！”

“好好好，那就来瓶水吧。”

稔把差点叹出来的气咽回去，从小冰箱里拿出瓶装水，拧开盖子递过去。趁液化者吃药的工夫，他捡起地上的子弹。瘪了大半的子弹只有黑豆那么大，却是沉甸甸的。

“……这么大的子弹，居然能被骨头挡住……”

听到稔的自言自语，液化者带着严肃的表情回答：

“.45ACP本来就是亚音速子弹，而且我的大衣虽然有防弹衬里，但照理说骨头是肯定会被打碎的。你仔细看看，子弹上是不是没有膛线痕啊？”

“啊？”

稔照她说的，盯着手中的子弹看。

他是个十足的枪械门外汉，但平时会看看悬疑、刑侦小说什么的，所以膛线痕这个词还是知道的。手枪的枪管内刻有螺旋状的沟纹，子弹会在沟纹的作用下做旋转运动，如此一来能提升飞行速度，并在出膛之后保持既定的方向。因此子弹上也会留下一道道划痕，人称“膛线痕”。照理说，现代手枪不可能没有膛线。

但稔掌中的子弹并没有这类划痕。

“啊……真的没有……”

“果然啊。因为他的目标不是你们，而是我，所以才特意准备了没有膛线的枪吧。”

“还有那样的枪吗？折射者说，敌人用的是‘SOCOM手枪’……”

“SOCOM是一种叫H&K Mark23的手枪的统称。之所以叫这个名字，是因为它采用了SOCOM……美国特种作战司令部的制式。普通的SOCOM当然是有膛线的，但只要有车床跟铣床什么的，自己制作手枪的枪管其实容易得很，不用刻膛线的话，难度就更低了。”

“自己做……可为什么非要用没有膛线的枪……”

话到一半，稔忽然想明白了。

据说在南青山的战斗中，由美子发射的子弹全都被液化者变成了液体，在空中以漩涡状的轨迹溅开（不过稔没有亲眼看到那一幕）。因膛线高速旋转的子弹一旦液化，便会在离心力的作用下四散开来。

但这一次的情况有所不同。飞向液化者的子弹没在旋转，所以它们即便被液化，也只会变成滚烫的铅水，继续直行。

液化者亮出右掌，仿佛是在为稔的推测提供佐证。原本白皙的肌肤布满水泡，严重内出血，伤势惨烈，难怪她刚才拿不稳镊子。液化者放下手，气鼓鼓地说道：

“他连开三枪的时候，我勉强液化了第一发和第二发，但溶化的子弹直接碰到了手掌……我只觉得‘烫死人了’，注意力分散了一下子，所以没赶上第三发。”

“烫死人了”这个说法听着格外俏皮，引得稔嘴角微微上扬。他连忙调整好表情，建议道：

“……手掌的伤最好也处理一下吧。”

“所以我才让你买了软膏和绷带，只是……”液化者的视线瞧了瞧烫伤的右手，又看了看桌上的软膏，轻耸右肩道，“不好意思，能不能麻烦你顺便上个药？”

“啊？行……行啊……”

单靠一只手，的确很难完成涂抹药膏的动作。刚取出子弹的左肩已经用胶带固定好了，但她现在稍微动一下，伤口都会剧烈疼痛吧。

稔在心里一遍遍告诉自己，和取出子弹相比，抹药膏算得了什么？他把子弹放在桌上，然后抽出一张酒精湿巾。先擦自己的手，再换一张新的湿巾仔细擦拭液化者的右手，接着打开软膏的包装盒，在指尖挤出适量的药膏，轻轻涂在她伤痕累累的掌心。

隐藏在这只手中的力量是如此危险，即便与其他第三眼宿主相比，它的威力都是顶尖的。虽然它对刺击者无效，还挨了风衣男的枪子儿，但它终究是骇人至极的武器，这一点绝不会改变。

然而稔却暗暗惊讶，因为液化者的这只手比他想象中的小得多，也纤弱得多。那分明是一只女人的手，跟由美子、朋美的并无二致。这只手更应该拿着精致的钢笔与茶杯，而不是手枪和刀具。可它如今却布满了烫伤和淤青，还有细细的割伤，应该是和刺击者作战时留下的。

为什么这个人……稔不禁思索起来。

液化者受了那么多的伤，为什么还要坚持战斗呢？因为她是深红之眼吗？可她明明说过，深红之眼也好，漆黑之眼也罢，都受到了那种球体的操纵。既然她清楚认识到了这一点，为什么还要执意做人类的公敌呢？

"……够了。"

液化者的声音把稔拉回现实。他意识到药膏抹得太多了，赶忙松手。

"再……再裹些绷带。"

"拜托了。"

稔不敢看液化者的脸，低头拿起绷带，小心缠上。缠好以后才想起，应该先剪一段胶带备用的。

"呃……不好意思，我知道你左手很痛，但能不能帮我按一下绷带的边缘？"

"不用那么麻烦。"

说着，液化者抬起左手，用指尖轻抚绷带的尽头，绷带便被牢牢固定住了，仿佛是刷了速干胶水。闻到一丝深红使用能力时特有的气味之后，稔才明白过来，原来她是把绷带液化了。

“……好方便啊。”

“方便是方便，但要想有针对性地液化这种薄薄的东西，需要大量的练习。”

液化者如此回答，用缠好绷带的右手拿起矿泉水喝了一口，然后递给稔。稔接过瓶子，拧好瓶盖。

治疗工作总算是彻底结束了。就在稔收拾摊在玻璃桌上的各种药品时，幽幽的呢喃传来：

“还好有你在啊，小朋友。谢谢你。”

稔惊讶地抬起头，只见这位深红之眼正看着被窗帘挡住的窗户。拜浓妆所赐，他还是瞧不出液化者的年纪，但那张放松的侧脸看着倒也像是同龄人。

“不……不客气，这也算是交易的一个环节吧。”

稔好容易才挤出这句话。液化者看着他，浅笑道：

“……也是。”

她吃力地站起来，走向离得近的那张床，“噗通”一声倒下去，闭上双眼。

“抱歉，我稍微休息一下。10点叫醒我吧。”

“……好。”

稔答应下来，看了眼墙上的钟。现在是8点15分。

他起身关了大灯，悄悄穿过变得昏暗的房间，坐在沙发上。他跟典江打过招呼，说今晚有公益服务社团的学习会，要晚点回家，但他今晚恐怕是回不去了。再过一会儿，他就得发信息说今晚要在朋友家过夜了。

从常识的角度出发，“高中生在工作日夜不归宿”绝不是什么好事。而且稔每次执行特课的任务，都要消耗掉一些他长久以来累积的信用。典江总有一天会起疑心的——不，说不定她已经觉得不对劲了。事到如今，他必须从根本上解决这个问题，而不是用“公益服务社团”这种借口搪塞一时。

当然，特课早已给出了更具可行性的对策。从吉城高中转学到东京都内配有学生宿舍的高中——说得再具体些，就是由美子跟奥利维耶就读的都立光彩高中。这所学校在3E会议的掌控之下，由美子他们名义上是住读生，其实平时都住特课总部。稔也转学过去的话，就能毫无顾虑地参加深夜的作战行动了，而典江被深红之眼的攻击殃及的可能性也会大大降低。

道理他何尝不懂，只是在情感上，他不舍得离开吉城高中，更不舍得离开典江。倒不是出于“抵触变化”这种消极的理由，他大概是真的喜欢现在的生活。在早晨的上学路上渐渐看到新都心高楼大厦的瞬间；和朋美会合，在荒川河堤奔跑时迎面而来的凛冽空气；和典江一起做完饭，边聊边吃，洗碗刷盘以后一起看电影、看连续剧的轻松时刻——没有这些的生活该是多么索然无味啊。

每次执行任务都不得不撒谎的生活一定长久不了。但他想再坚持一会儿……至少坚持到第三学期结束。

稔一边思索，一边在手机上输入准备发给典江的信息。就在这时，胸前的口袋震动起来。原来是液化者给他的手机接到了陌生号码的来电。他迅速朝床那边望去，只见液化者用端正的姿势仰面躺着，好像睡得很熟。于是他转身背对着床，点击接听键之后，用手捂着嘴边说道：

“……喂？”

“你那边情况怎么样？”

电话那头传来由美子的声音。为了躲避3E会议的监听，她大概也搞了一台新手机。这个问题格外简洁，省略了许多不必要的东西。稔压低嗓门回答：

“总算把液化者的伤都处理好了。骨头和神经好像没什么问题。”

“哦，辛苦了。真是的，为什么我们要帮那家伙疗伤啊……”

实际动手帮她取出子弹的人是我啊——但稔没有这么说，而是晓之以理：

“因为在救出观星者之前，我们需要互相配合啊……话说分割者跟折射者还好吧？”

“小村同学只有轻微的碰伤，脑部也没有异常。奥利维也还行吧，敌人用的好像是相当慢的子弹，虽然打穿了防身内衣和腹直肌，但在腹膜那边勉强停住了。不过他这下又得回NCAM住一阵子了，没法参加今晚的作战行动。”

“这样……啊！那谁来押车呢？”

“DD不变，奥利维的空缺我顶上。”

“由……加速者来吗……”

稔边嘀咕边想……

稔和伙伴们原计划在今晚实施一场背叛特课……准确地说是背叛3E会议的行动。内容非常简单：让液化者在某个合适的地方拦下从医院出发的移送车辆，劫走车里的凝结者，把他塞进另一辆车，溜之大吉。如果押车的只有DD和奥利维耶，一个负责侦查，一个负责攻击，那么难度应该不会很高。虽然DD对此事一无所知，但奥利维耶跟进攻方是串通好的，完全可以装作交战的样子，让液化者毁掉一把剑什么的，事后也就不会被怀疑了。

可是换由美子押车，情况就有所不同了。因为她就算没有摩托，也能靠自己的双脚跑赢汽车。所以她必须要有“没法追液化者的车”或者“追了但跟丢了”的理由。

“……怎么办？”

稔也省略了主语，对面立刻传来“哼”的一声。

“不爽归不爽，但可能有必要让她液化掉我的鞋底吧。这些我会自己考虑好的……移送车的出发时间还是深夜一点，临出发前再联系你。”

不等稔回答，她就挂了电话。

稔把小手机塞回口袋，继续给典江打信息，却很难让注意力集中起来。好不容易才酝酿出这么一句：“学习会好像会搞到比较晚，今晚我就住齐藤同学家了，坐明天的始发车回去。”发出去没多久，典江的回复来了：“知道了，别忘了跟齐藤同学的家长道谢哦，别给人家添麻烦。”

负罪感勒得他胸口生生的疼，引得他举起手机，深深低下头，在心里拼命道歉：对不起，又撒谎骗你了，但这都是为了朋友和他的妹妹……他只能用这样的方式平缓心头的疼痛。

由美子跟奥利维耶是如何让自己接受“不得不一直跟家人撒谎”这种状态的呢？回头找个机会问问看吧……稔边想边把手机放回口袋，再次望向那张床。

液化者没有要醒的迹象。夜灯微光中的侧脸，竟显得格外稚嫩。

在众人眼里最强大，也最凶恶的深红之眼睡得正香，毫无戒备，这的确教人有些意外。不过也难怪，她在1月3日晚上对战刺击者，身负重伤，却只休息了一天，从1月5日开始去埼玉新都心站蹲守，只为了找到稔。到了6日傍晚，她总算接触到了稔，第二天却被神秘风衣男的子弹击中，再次遭到重创。

即便是第三眼宿主，她的身心恐怕也快到极限了吧。然而，她只打算小睡两小时不到，便要再次奔赴战场。

如果——

如果此时此刻，稔拿起放在床头柜上的枪，对准液化者的

脑袋扣动扳机，一定能毫不费力地要她的命。行事谨慎的她怎么可能没有考虑到这层风险。可即便如此，液化者还是选择了小睡片刻，只为了稍稍提升劫囚行动的成功率。她并不信任稔，也不是小瞧了稔，只是在冷静权衡风险之后做出了这个判断。

——她应该也有家人。

稔忽然冒出了这个念头。

四个月前，在红色第三眼进入她的身体之前，她应该还是个普通的女人，过着普通的生活。然而，那样的生活已经一去不复返了。也许是被夺走了，亦或许是她主动抛弃了。都怪那个会给宿主注入难以抵挡的杀人冲动的……小小的寄生体。

——别同情她。

稔在心中告诫自己，将视线从液化者的睡脸移开。

深红之眼的思维也不是时时刻刻都受第三眼控制的。他们完全可以选择向特课投降，主动接受摘除手术。然而液化者并没有这么做——咀嚼者、点火者和凝结者也是。他们都是自愿（至少是部分自愿）与人类为敌的。

等液化者夺回了凝结者，奥利维耶也救回了克蕾雅，双方的合作便会宣告结束。到时候，特课与液化者将再次为敌，下次见面，便又是一场生死大战。这一点，他绝不能忘记。

稔把桌上的水瓶拿过来，喝了一口，然后掏出包里的单词本。也许小睡一会儿对稔也有好处，但他觉得随随便便相信她，给她下杀手的机会，对她反而是一种冒犯。

9

一个已经出社会的成年女人带着一个男高中生在商务酒店的标间逗留了短短4个小时，于深夜退房离开。无论前台的男员工对此做何感想，他都没有表现在脸上。液化者刷信用卡付了房费。走到酒店门前的马路时，稔对她道了谢。

“对不起，让你付了房费……谢谢。”

“这种时候当然是大人掏钱了。”液化者坦然道，瞥了眼自己的左肩，“……况且开房本来就是为了给我疗伤啊。”

“现在感觉怎么样？”

“已经不那么痛了。开个车应该还是没问题的。”

“不好意思，那就麻烦你开车了……我完全不会开。”

“我猜也是。”

忽然浮现笑意的脸上恢复了些许血色。她已经用液化能力封住了红褐色羽绒服上的枪口，所以乍一看根本不知道这人4个多小时前刚挨过枪子儿。只是针织衫左袖筒沾到的血都干了，布料变得硬邦邦的，所以她重新穿衣服的时候好像很痛苦的样子。

不过真打起来的话，她的左手怕是基本用不了吧。

虽说袭击移送车辆时会有内应配合，没打算真打，但整个过程中存在不容小觑的不确定因素。在代代木公园袭击他们的风衣男——那也是个深红之眼，液化者管他叫润滑者，他并不是冲着稔和其他特课成员来的，而是冲着液化者来的。也就是说，他有办法追踪液化者。在作战行动开始前，稔得先把这件事问个清楚。

“呃……能不能在出发前先跟你谈一谈？”

“行啊……可我不想站在这儿谈。上车再说吧。”

“……好。”

稔点点头，跟着液化者来到NHK放送中心南侧的地下停车场。门口的牌子上说，这里有650个车位，算是大型停车场了。都这个点了，还有很多车停着。

稔一边穿过通道，一边用鼻子缓缓吸气。他本想确认一下这里有没有深红之眼使用能力时特有的气味，谁知——

“如果你是想防范润滑者的偷袭，那还是不要白费功夫了。因为他的‘被探知圈’非常小。”

所谓被探知圈，就是第三眼宿主发动能力时的气味能被人闻到的范围。它的半径取决于能力所引发的现象变化的大小。由美子的“加速”和奥利维耶的“分割”是25米左右，稔的“防御壳”是10米，雏的“折射”是50厘米，教授的“思索”和DD的“探索”几乎为零。

然而，风衣男（润滑者）生成的滑腻塑料膜的直径足有20米。照理说，他的被探知圈肯定比特课成员的大，有个50米也是很正常的。

液化者许是通过表情看透了稔的心思，随即补充道：

“待会儿解释给你听。车在这儿呢。”

她从托特包里拿出智能车钥匙，按了按钮。右前方的白色掀背车“哔哔”叫了两声。这款车应该是铃木的SWIFT……不，是更高级的SWIFT运动版吧。

稔对车不太感兴趣，却能认出车型，这是因为刚加入特课那会儿，由美子说认车是工作的必备技能，所以他把车型都背下来了。据说记车是为了追踪开车逃跑的深红之眼，但这些知识几乎没有用武之地。如果液化者此时撂下稔开车逃跑，车型知识才能第一次派上用场，但这种情况显然是不可能发生的。

“你可以把包放后排。”

稔按她说的把包放好，拉开副驾驶席的门。里面的车座跟由美子之前开的阿尔法罗密欧Giulietta一样有运动味。才刚坐下，在酒店没怎么感觉到的非日常感便汹涌而来，逼得他盯着仪表盘瞎看。

之所以只有稔跟着液化者，一是因为要给她处理枪伤，二是为了“假装他们没有去过代代木公园”。由美子他们对特课做的汇报非常简单——由美子、奥利维耶和雏在公园散步的时候遭遇未确认深红之眼的袭击，虽然击退了敌人，但奥利维耶不幸中弹。

DD也就罢了，伊佐理理教授的思考力可是超人级别的，真能瞒得了她吗？说实话，稔有些担心，但事已至此，已经没法喊停了。要是奥利维耶没有及时掷出长剑，雏肯定已经没命了。再加上奥利维耶都跟他说了：“后面的事情就拜托你了。”

就在稔想方设法让心绪平静下来，回归现实的时候——

“润滑者是‘组织’的干部，跟我同级的。”

盯着后视镜的液化者突然说道。稔如实回答：

“同级……可我不知道你的级别有多高啊……”

“我自己也不知道啊……不过我是做了一些推测的，你要不嫌弃，我可以说给你听听。‘组织’的首脑被称为组织者，我只见过其中的一个人，应该还有两个。‘组织’的活动方针是他们三人通过合议决定的。”

“组织者……听着好像宿主的代号哦。”

听到稔的点评，液化者微微苦笑。

“这事不怪我们啊。起初是不用代号的，可特课开始用奇奇怪怪的名字叫我们了，于是我们不知不觉中也跟着一起用了。”

“……那好像也不能怪特课吧……”

“事到如今也无所谓了——还是说回‘组织’吧，组织者下面有一个叫联络员的人，专门负责协调工作，而我是联络员下面的导师……论级别是第三高的。然后还有一群人叫监视者，跟导师同级，润滑者就是其中之一。”

导师应该是指导员的意思吧。也就是说，液化者是负责指导凝结者的人。难怪……不过与此同时，稔不禁抛出了新的疑问。

“多谢讲解……不过你可以透露这么多情报给我吗……要是你让我拿特课的内情来换，我可不能答应啊……”

“我才不会提这么小气的要求呢。”液化者摆摆右手，正色道，“监视者的职责……就是盯着隶属于‘组织’的深红之眼，看看他们有没有在认真干活。被选为监视者的人基本都有侦查型能力，但润滑者是个例外……他是监视者兼行刑者。”

“行……行刑者？”

“不用那么吃惊吧，人家一上来就开枪了啊。我可不觉得那是他自作主张。肯定是组织者们做出了要除掉我的决定。”

液化者不慌不忙地断言。稔直愣愣地盯着她的侧脸：

“除掉……是因为你跟我们接触的事情被他们知道了吗？”

“唔……嗯……”液化者用右手食指按住太阳穴，闷哼了许久才说，“综合各种情况，的确有可能是因为这个，但我接触到你是昨天傍晚的事情，今天就来行刑未免也太快了吧。而且我昨天跟今天都反复确认过，肯定没人盯梢……再说了，我是有权限自主开展作战行动的。”

“……也就是说？”

“也就是说，组织无法轻易判断出我跟你们的接触是设圈套的一个环节，还是真的背叛了组织。照理说在下令除掉我之前，面谈肯定得有吧……”

“啊？”

一听到“设圈套的一个环节”，稔便把身子往车门靠了靠。液化者无语地叹了口气，指着自己的左肩说：

“如果真是圈套，我肯定会在受重伤的时候中止计划的好不好。”

“我……我也没在怀疑你。总之……眼下的问题是，润滑者是怎么知道你在哪儿的？虽然在代代木公园好不容易把他打跑了，但是从逃跑的速度看，他应该没有受重伤……那他说不定会再次发动袭击。”

“不是‘说不定’，而是肯定会有下一次袭击的。”

液化者斩钉截铁道，把双手放在真皮方向盘上。也许是左肩有些疼，她微微皱眉，但很快收起了表情。

“润滑者的能力……顾名思义，是针对任何物体生成摩擦系数几乎为零的薄膜。据我所知，润滑膜可达20米以上……而且他可以自由移动薄膜。因为不存在摩擦力，让薄膜滑进别人的鞋底和地面之间也很容易，一旦被纳入薄膜之中，人就彻底动不了了。”

稔已经亲身体验过润滑膜的惊人滑溜感了，就算不明白其中的原理，也能凭感觉理解这种能力。无论如何挣扎，身子都跟悬浮在空中似的，再大的力都会被卸掉。

要逃出那张膜，要么用动作片里常见的那种钢索枪（天知道那玩意儿是不是真的存在），要么背个储气瓶，喷射高压气流。还有别的法子吗……想到这儿，稔忽然灵光一闪：

“哎……等等！既然没有摩擦力，那只要两个人脚底对脚底，把对方踢开，不就都能滑到膜的外面去了吗？”

听完稔的即兴发挥，液化者用右手指尖轻敲方向盘，代替拍手的动作：

“脑子转得挺快呀，小朋友。如果润滑膜里的人不止一个，的确能用那个方法移动……其实不一定要相互推，光是一个人推另一个人也能动。但你别忘了，润滑者是可以随意挪动润滑膜的。你以为自己逃出去了，刚要站起来，又会被他撂倒，到头来还是只能受他摆布。”

“原来如此……”

稔在脑海中想象那一幕光景，不得不承认液化者说的情况很有可能发生。但他讨厌轻易放弃，继续绞尽脑汁思考对策。

“呃……润滑膜是两面都很滑对吧？也就是说，他不能把膜贴在某种物体上？”

“恐怕不行吧。他大概可以让膜盖住或裹住物体的表面，但应该是粘不住的。”

“那么用便携式吸尘器把膜吸走呢？当然，关键在于吸尘器的吸力能不能赢过润滑者的操控力……”

听到稔的第二个点子，液化者瞪大双眼，愣了一愣，随即哈哈大笑。虽然她很快举起右手捂住了嘴，但漏出来的笑声还是持续了好一会儿。

“呵呵呵……吸尘器啊，原来如此。我都没想到这样的点子……可吸尘器的吸力归根结底还是空气的摩擦力啊。如果对象物体的摩擦系数为零，它也吸得进去吗？”

“呃……空气的摩擦，本质上是气体分子的冲突对吧……”

怎么在这个时候探讨起物理问题了？稔一边纳闷，一边拼命动嘴。

“宏观层面的摩擦力来源于物体表面凹凸的剐蹭，但微观层面……原子层面的摩擦力，来自你也很熟悉的分子间作用力。这种力是分子间的静电相互作用，所以跟物体表面的几何平滑性无关。既然润滑者的润滑膜也是由某种物质构成的，就应该会受到空气分子碰撞的影响。从直观角度出发，我也不觉得超薄的薄膜可以无视吸尘器的吸力。”

这段话从头说到尾都没卡壳，简直是个奇迹。液化者却没有深受感动的样子，只回了一句话：

“是碳。”

“啊？什么碳？”

“润滑者的润滑膜的材料。我曾经冒着风险偷偷调查过。那种膜完完全全由碳组成，没有其他成分。所以他的被探知圈才那么小吧。”

“碳？”听到这始料未及的物质名称，稔歪着脑袋说道，“呃……你说的碳，是carbon对吧？我从来不会把碳跟滑溜溜的感觉联系在一起……照理说，碳摸起来难道不该是很粗糙的吗……”

说到这儿，稔忽然想起，在润滑者逃之夭夭，润滑膜消失不见之后，地面上留下了一些粗糙的粉末。他不禁望向自己的左手，可惜刚才为了给液化者处理伤口，他已经仔仔细细洗过手了，当然不可能有剩的。

“我对碳的印象跟你一样，但润滑膜就是碳做的，绝对没错。我也不知道为什么碳膜会那么光滑……没有润滑者本人的配合，恐怕没法解开更多的谜题了。”

稔听着液化者略显无奈的口气，不由得想：要是能咨询一下伊佐理理教授就好了……即便只有一点点线索，思索者也能瞬间推导出答案。说不定教授能帮他们解开润滑膜之谜。

然而，他不能把教授卷入劫囚行动。在救回奥利维耶的妹妹之前——至少在查出具体的囚禁地点之前，稔和伙伴们只能在没有指挥官的状态下战斗。

“……等你夺回了凝结者，你就会把观星者的所在地告诉我们，对吧？”

稔突然转换话题，液化者却面不改色，点了点头，仿佛她早已料到有这一出。

“当然。我们要做的就是这笔交易不是吗？”

“那……我会想办法搞定润滑者的。如果今晚他再攻过来，请你先集中精力夺回凝结者。”

“搞定？小朋友，你能搞得定啊？”

“润滑者的润滑膜只能封住行动，却没有攻击力……如果他的武器是手枪，那防御壳还是挡得住的。至少能拖住他吧。”

“……”

在片刻的沉默后，液化者的左手从方向盘转移到换挡杆，从倒挡挂回空挡，踩下踏板，按下点火键。引擎立刻发动，轰鸣颇为有力，在国产车里实属难得。各类仪表也亮了。导航画面打出了现在的时间——晚上11点。距离载有凝结者的车离开NCAM还有两小时。

“……是不是还有点早啊？”

稔如此问道。液化者放下手刹，说出一句出乎意料的话来。

“先去加点油吧。”

“啊？要给车加油吗？”

“给我们自己加油。交易前买的吃的不是都丢进公园的垃圾桶了吗？”

伴随着“咔嗒”一声，SWIFT挂到一挡，平缓地向前驶去。

液化者先找了一家大型服装店，随便买了件高领毛衣，换下了被血弄脏的衣服。

然后，她带稔去了涩谷区神宫前的大阪烧店。店开在小巷子里，路的两侧都是画廊、服装店、咖啡厅之类的商铺。稔去之前还有点怂，心想这种地方的大阪烧店肯定很小资，没想到店面装修得跟老宅似的，古色古香。菜式也相当正规，除了猪肉、什锦等经典配方，还有牛油果番茄、紫苏大虾奶酪之类的新奇组合。只是价位也比较高，直教人感叹原宿周边的消费水平就是高。

一闻到店里洋溢着的酱汁味，稔便痛感体内的燃料的确快用光了，他吃了两种大阪烧和海鲜铁板烧，外加凯撒沙拉。液化者好像特别讲究大阪烧的煎法。在她的指点下煎出来的饼果然松软美味。

这顿饭也是液化者请的。在回计时停车场的路上，一个念头在稔的脑海中一闪而过——如果姐姐若叶还活着，他们是不是也会像这样一起下馆子呢?

然而在短短的10分钟后，这些小伤感就被毫不领情地扫荡干净了。

“啊？车上有警察？”稔刚回到车上就接到了由美子的电话，惊讶地反问道，“不是探索者负责开车吗？”

“我一开始也以为会让他开车的，结果上头让我们专心警戒。这下麻烦了。”

“嗯……”

稔喃喃道，试图想点对策出来，却毫无头绪。

由美子说，上头突然通知他们，从NCAM出发的移送车辆的驾驶员与导航员将由警视厅公安部3E问题对应室的警官担任。这些警官平时会迅速帮他们封锁和深红之眼的战斗现场，称得上幕后英雄，可稔实在不希望在今天遇到他们。DD还好办，事后跟他解释一下，他应该能理解的，但警官们不吃这一套。

“出发时间不变，还是一点。还有45分钟，我们这边也会想想对策的，回头再联系。”

“好……”

通话都结束了，稔却盯着手机屏幕看了好久。可事关重大，总不能一直瞒下去。他转头直视刚才一直落在他右侧脸颊的视线。

“……移送凝结者的车上，好像有两个公安警察。”

“是吗？”

液化者的回答十分简洁，双眸中却仿佛闪过一丝浅红色的光。稔条件反射般地轻轻摇头：

“不行。”

“什么不行？”

“不能杀他们。肯定有更好的方法……”

稔的话被“嘎吱”的响声打断了。液化者的双手用力握住方向盘，骨头都凸出来了，关节也发白了。

“有好的方法就赶紧告诉我。没有的话，我就用自己的办法对付他们。”

她的声音比1月的夜风更冰凉。稔紧咬下唇，试图找到一个让两名警官毫发无伤地脱离战场，又不会被看出是特课成员所为的方法。然而，不等灵感降临，耳边便传来了液化者淡然的嗓音。

“小朋友，我好心提醒你一下。凝结者杀过十多个跟他无冤无仇的人哦。是你们决定要帮这样一个恶棍逃跑的。事到如今，再多牺牲两个人又有什么区别呢？”

“……”

那是稔一直有意识地不让自己去想的事实。他更用力地咬紧牙关，厉声却在耳边回响。

——凝结者已经害死了十多个无辜的人。要是不能在这里解决他，我还算什么漆黑之眼？

这是由美子四天前在大井码头的冷冻仓库对阵液化者时说过的话。当时她正把枪口对准凝结者，眼看着就要扣动扳机了。不，如果刺击者没有闯进战场，她绝对会开枪的。

而液化者是这么恳求由美子的。

——要是你现在杀了他，你也会沦落成被心血来潮操纵的棋子！

当时的液化者是一心想救凝结者，现在的她也是如此。为了达到这个目的，她不惜背叛组织，以身犯险。在这样的她看来，事到如今再多死两个警察也许算不了什么。可是……

“可是你之所以这么说，也不是因为你一心想要杀人对吧？你应该有能力在不杀害警官的前提下达成目的的。”

稔好不容易挤出这句话来。液化者直视前方说道：

“你是让我来想这个办法吗？”

她的声音是那么冷。但稔不能就此退缩。

“……我也会尽我所能的。实在不行，跟你串通一气的事暴露了，要是只暴露了我一个，那也没关系。大不了就是被特课开除而已。”

“光开除还不够哦。我之前也跟分割者说了，上头完全有可能怀疑你被洗脑了，要摘除你的第三眼。”

“我不在乎。只要能救出观星者……能救出分割者的妹妹就行。”

听到稔如此断言，液化者一点点放松握着方向盘的手，长叹一口气。

接下来的话里，少了几分刺骨的寒意。

“问题是探索者啊。”

液化者突然提到了DD的代号，惊得稔眨了眨眼。

“怎么说？”

“那个棒球小子的索敌能力强得出奇。只要有他在车上，就不可能先埋伏再偷袭。”

“……我可没听说过他喜欢棒球啊。”

“光头加棒球帽，我敢跟你打赌——总之，只要有探索者在，我就不得不强攻了。在明知他能探查到我的前提下，正面冲过去，拦下移送车，让它动不了以后再抢回凝结者……如果对面的战斗人员只有加速者，随便打两下装装样子再逃跑就行了，可车上有警察，这个方法就行不通了。警察当然有武器，光靠我一个人很难一边抵御警官的枪击，一边把凝结者救出来，再搬到我的车上。”

且不论“DD喜欢棒球”的推论，后半段是真的无法反驳。除了两名警官，DD应该也带了武器。液化者再厉害，一旦遭遇三面夹击，怕是也没法液化所有子弹吧。

不过警方也有劣势，因为他们不能在周围有其他车辆和行人的地方开枪。虽有将无辜群众用作肉盾的嫌疑，但是从这个角度入手会不会更好呢？

“……呃……要不就不要开车逃跑了，像南青山那次似的，把地面溶化，逃去地下怎么样？只要进到地铁的隧道什么的，探索者大概也很难追吧。”

稔好不容易才想到这个主意，谁知液化者立刻摇头：

“马路上用不了这一招。万一碰到电缆共用管道，溶掉了高压线，就会被电死，煤气管跟水管也很危险啊。”

“啊……也是哦……”

为了今年的奥运会，有关部门正在加速推进将东京都内的大马路周边的电线埋入地下的工作。而且液化者说得没错，就算没有电线，碰到煤气管、水管的可能性也很高。那种逃脱方法只能用在提前考察好地下情况的场所。

“……我顺便问一下，如果可以埋伏的话，你准备按什么步骤行动啊？”

“很简单啊。先在移送车的行驶路线上弄一块延迟液化区，等车陷进去动不了了，再从后方接近，溶掉后门的锁，把门打开，让凝结者逃出来。”

“原来如此……”

计划的确简单，不过正因为简单，才更容易成功。然而，DD的鼻子绝对能闻出液化者布下的圈套，进而调整路线。当他与DD为敌——这么说可能太严重了，应该说当DD站在他的对立面时，他才意识到“广域雷达能力”原来这么管用，这么可怕。

但他决不允许液化者从正面强攻。因为在这种情况下，液化者做的第一件事必然是让驾驶席和副驾驶席上的警官失去战斗能力。到时候，她肯定没时间控制力度，只液化手枪。更何况她也没打算这么做。

在被润滑者击中倒下之前，奥利维耶说过这么一句话：“我不想让任何人因为这件事受伤。”既然稔接受了他的托付，就不能在这里轻言放弃。应该还能想出办法的。

稔也想握住某个东西压制心中的焦躁，可眼前只有手套箱的盖子。于是他便十指交叉，做出祈祷般的手势。一用力，骨节便嘎吱作响。

就不能在不动用液化能力的前提下，换某种不会被DD闻到的方法拦下移送车吗？比如在路上拉条钢索、撒点钉子什么的……不行，这些方法的成功率没有保障，搞不好还会引发大规模的车祸。果然只能亲自上阵，用身体去挡了吗？带着防御壳撞向前挡风玻璃，逐渐减缓车速，说不定就不会伤到车上的人，也不至于殃及周边了……

就在稔准备说出这个“终极方案”的时候——

“也许……有一个方法，可以让我在不被探索者发现的前提下埋伏。”

听到液化者的呢喃，稔迅速转头望去。

“啊？什么方法？”

深红之眼缓缓转头，直视稔的视线。

“至于能不能成功，关键不在于我，而在于你啊……孤独者。”

10

深夜12点50分，由美子打来了第三通电话。

“我在厕所呢，长话短说。出发时间不变，车是黑色的埃尔法，目的地是自卫队的三宿营地，线路是沿外苑东大道往南，再走246国道往西，开过涩谷站，在三宿路口左转，人员不变。确定袭击地点了给我发短信。”

“哦……哦。”

稔一回话，对面就收线了。

“自卫队”这个单词太出乎意料了，以至于稔握着手机愣了一下，但戳在右脸的尖锐视线让他回过神来。他连忙给液化者通报情况。话音刚落，液化者脸上也浮现出严峻的表情。

“他们要去……三宿营地？”

“是的……那里有什么啊？”

“各种设施都有，但最主要的是防卫装备厅的电子装备研究所和自卫队中央医院……”

听到对方的回答，稔才觉得这次转移多了几分合理性。

“既然有医院，那就是要让凝结者转院吧。比起普通的医院，营地医院的防御网肯定更强大……”

“……我觉得转移的原因并不是这么被动的……不过只要把他抢回来，这些都无所谓了。”液化者压低嗓门说着，也掏出手机，一边拖动地图APP的画面，一边继续说道，“这个时间段的外苑东大道和246国道还有很多车辆来来往往。要下手的话……只能选世田谷公园北侧的这条路了。”

稔看着她递过来的手机屏幕，瞠目结舌。

“啊？那不是营地跟前吗！”

“没关系，就算在正门口交火，营地的自卫官也得有总理大臣、防卫大臣这种高层下达的命令，才能拿着武器出动。而且……”液化者收起手机，平静地问道，“你能做到吧？”

“……嗯。”

稔点点头。液化者默默发动引擎。驶离停车场的SWIFT朝世田谷飞驰而去。

也许是因为山手线的末班车刚发车，明治大道和246国道都挤满了出租车，但液化者施展出精妙的车技，10分钟不到就把这段5公里的路跑完了。

抵达既定地点后，她先放慢车速，同时寻找监控摄像头。马路南侧的停车场门口有一台，于是她在拍摄范围之外掉了头，停下车，确认停在附近马路边的三四辆车里都没人以后，再用装了消音器的手枪打坏摄像头。

接着，液化者从手套箱里拿出一副黑色薄手套，还有一大张看着像贴纸的东西。

“戴上手套，把这个贴到后面去。”

液化者一边下达指示，一边把白底贴纸递给稔。上面印着一个平假名和四位数字，都是浓绿色，用途一目了然。稔按她说的戴好手套，开门绕到后面，把贴纸牢牢贴在车牌的数字上。“组织”也动了不少脑筋呢……就在稔暗暗感叹的时候，内口袋里的手机震了一下。是由美子发来的短信。

内容是——@SBY 5min。

什么意思啊？稔皱起眉头，然后才反应过来。这肯定是“移送车正在涩谷站，还有5分钟到”的意思。由美子肯定是在DD旁边偷偷发的短信，内容简洁也是在所难免。稔也简单回了一句“世田谷公园北侧待命中”，然后望向朝自己走来的液化者说：

“还有5分钟。”

“D'accord（收到）。”液化者用听着像法语的单词应道，迅速扫视四周，“那辆车看着不错。”

她指着停在SWIFT以东20米处的一辆银色微型厢式车。日产Serena——车身够大，的确是非常合适的藏身之处，只是他们接下来要做的事，实在有些对不起车主。

液化者走到Serena的车头，把食指搭在引擎盖和前格栅之间的缝隙上，手指悄无声息地陷入宽度不足5毫米的缝里。她把手指横着一划，然后立刻抽了出来。

她是用液化能力破坏了车锁结构，整个过程是在一瞬间完成的，DD再厉害，应该也无法在数公里外察觉到吧。液化者打开引擎盖，让稔撑住，再用能力切断了连接电池的红色电线。连稔都能看出，这是为了搞定防盗系统。

两人合上引擎盖，转移到靠近人行道的后门。门当然是锁着的，但液化者用右手悄然刺破车窗，从内侧开了锁，再打开拉门钻进去。稔紧跟着她上车后，再把门关上。还剩4分钟。

Serena的第二排座位比特课使用的三菱Delica D:5稍微宽敞些。液化者把身子埋进皮椅，闭上双眼，轻舒一口气。

虽然她在大阪烧店吃了不少，但脸色绝对称不上好看。这也难怪啊，跟刺击者对战时受的伤还没好透就中枪了，子弹还是自己取出来的，之后才睡了不到两小时。

“你的肩膀……”

稔本想问“你的肩膀不要紧吧”，但液化者唰地抬起右手打断了他，抬眼看着他说道：

“我没事——开始吧。”

“……好。”

稔点点头，把右手按在自己胸口。一边感觉与胸骨融合的黑色第三眼，一边对眼前这位身怀红色第三眼的女人说道：

“请你想象这样一幅画面……我的身体里，住着一个人格与我完全不同的孩子。”

“……孩子？”

“是的。他胆小怕生，但也有旺盛的好奇心。你跟我交过手，所以他很怕你。但与此同时，他也想多了解你一些。”

“……是那个孩子控制着你的防御壳吗？”

听到液化者的问题，稔轻轻摇头。

还有3分钟。再过不到1分钟，DD的鼻子定能闻出液化者的气味。

“控制开关的是我，但生成防御壳的是那个孩子。所以我无法决定放谁进来，或是把谁弹飞。”

这就是稔目前对“将他人纳入防御壳”这种不可思议的现象做出的回答。

壳接纳了初次见面的小村雏。可不久后在特课进行再现实验时，它却始终将安须由美子拒之门外。稔本以为，这是双方的精神状态造成的——说得再具体些，关键也许在于“有没有敌意”。然而仔细想来，稔在做实验的时候对由美子有些紧张，却没有丝毫的敌意，而且将雏纳入防御壳的时候，他也同样紧张。对阵点火者时，由美子成功进入了防御壳，这也能从侧面体现出结果绝不单单取决于某些单纯的条件。

今天……不，是昨天傍晚，开Copen来接他的小村雏也提到，稔在医院将她纳入防御壳的时候，好像有人把手伸进了她的大脑，治好了她的血肿。稔也有完全相同的感觉。如果是那只手的主人把“防御壳”这种不可思议的能力赋予了稔，那么液化者能否被接纳，就看那人是怎么想的了。

液化者忽然举起左手，轻轻叠在稔按在胸口的右手上，然后用微弱却清晰的声音说道：

“我向你保证……绝不会再让凝结者杀一个人。所以请给我一个救他的机会吧。”

一听到这句话，稔的胸口深处便一阵痛楚。他下意识地反问：

“你……你自己呢？”

“我从没杀过人，一个也没有。”

液化者带着郑重的表情如此说道。她没有给稔多说话的时间，把上半身贴过来，双臂用力搂住他，喃喃道：

“我准备好了，开始吧。”

稔轻轻点头，深吸一口气，“按”下开关。

身体脱离车座，稍稍浮起。所有背景音都消失了，路灯的亮光略微发蓝。但也有没消失的东西——紧贴着他的液化者的呼吸与体温。

深红之眼是漆黑之眼的敌人。而这个女人被公认为最强大的深红之眼，可防御壳竟然接纳了她。

“轰——轰——”总能在壳里听到的神奇低音持续回响。片刻后，耳边传来轻微的说话声。

“这就是你的力量啊……”

“不是……是帮我的某个人的力量。”

稔如此回答。液化者徐徐放松僵硬的全身，把头靠在稔的左肩，继续说道：

“我一直认定，第三眼是剥削型寄生生物，只会控制宿主，让宿主去战斗，所以我也想利用第三眼和它创造的条件去实现自己的愿望……可……这个空间里不存在愤怒与憎恨，有的只是……只是……”

液化者只说到了这儿。稔觉得自己也应该说点什么，却找不到合适的言辞，只能给出最实用的情报。

“……还有1分钟。”

“嗯。”

肩膀能感觉到对方在点头。

如何在不被DD的广域探测能力发现情况下埋伏移送车辆?液化者给出的提议是，将她纳入稔的防御壳。只要她还在壳里，她的被探知圈就会被完全切断,“探索者”再厉害也察觉不到她的存在。

“等我冲出去了，一切照计划行事。”

液化者的声音再次冷峻起来。这回轮到稔点头了。

30秒后，他们透过前挡风玻璃，看到了转弯驶入这条路的车的顶灯。黑色的微型厢式车……那威风凛凛的前格栅，绝对是丰田的埃尔法没错。

“来了！”

“数到零解除！”

埃尔法以40码的速度不断接近。后方没有其他车辆。离两人藏身的Serena只有30米……20米……

“三,二,一，零！”

在液化者数到零的那一刹那，稔解除了防御壳。

她以迅捷的动作扑向靠近车道的门，完全不像刚受过重伤的人。只见她毫不犹豫地拉动把手，穿过滑开的门冲上马路。

埃尔法一个急刹车，轮胎与路面激烈摩擦，刺耳的响声划破深夜的宁静。虽说之前的车速并不快，但微型厢式车的块头毕竟很大，无法轻易停止。眼看着车就要把蹲在地上的人撞飞了——就在这时，液化者往右侧一跳。

她才刚跳开，埃尔法就猛地往前栽倒了。

前格栅竟有大半深陷路面。原来，埃尔法栽进了被液化者

动了手脚的沥青路面。不，从液化部分的深度看，被液化的不仅仅是马路的铺面。她好像在一瞬间把下方的基层到碎石层，以及用作路床的地面都液化了，而且作用范围足有2米宽,3米长。这样的力量，怕是只能用“骇人”来形容。

问题是，如果液化者只想让车停下，只让半个轮胎陷下去就足够了啊。她为什么要让车沉得那么深呢？想到这儿，稔才反应过来。埃尔法的前门有一半沉入了漆黑的泥沼，后门也有三分之一被盖住了。在这种状态下，车上的人是没法把门打开的。

啪咔！厚重的声音响起，液态沥青变回了固体。

看到这儿，稔也打开人行道那边的车门，冲了出去。他压低身子，冲向20米开外的SWIFT，打开后盖，跳上后备箱。后排座位已经提前放倒了，有足够的空间再容纳一个人。

——希望接下来也能一切顺利，谁都不用受伤！

稔暗暗祈祷，望向后方，正巧看到液化者绕到埃尔法后方，将右手按在后门的下方。

她液化了门锁，打开后门，整个人钻进去，拉出一台大型轮椅。轮椅上有个疑似凝结者的人影，被好几根带子绑着，纹丝不动，像是有人用药物或其他方法让他进入了昏睡状态。

液化者把轮椅卸到马路上，然后关好后门，用双手迅速拂过门和挡泥板之间的缝隙。她大概是用液化能力把车体跟车门焊住了，这样门就打不开了。做完这件事后，她握住轮椅的把手，朝稔等候的SWIFT冲来。直到这一步，都顺利得一塌糊涂。

问题是,SWIFT的后备箱太矮，没法直接把轮椅装进去，所以必须先把束身带全解开，松开凝结者。

稔心想，要不要跳下去帮忙呢？可他一旦离开后备箱，埃尔法上的警官和DD就会看到他的脸。只有DD可能还好说，有由美子帮忙，但他拿警官毫无办法啊。

早知如此，就该提前备好只露眼睛的反恐帽的——现在后悔也来不及了。就在他心急火燎地看着拼命朝自己跑来的液化者时……

埃尔法后门的窗户被打得粉碎。黄色的亮光在昏暗的车厢内闪动，干巴巴的破裂声一次次震撼着深夜的空气——警官们开始对液化者开枪了。

路面火花四溅，SWIFT的保险杠也中弹了。从前排座位瞄准后方的确很难，但双方的距离毕竟只有20米。再这么下去，子弹迟早会击中液化者或凝结者的。就在稔咬紧牙关的时候——

液化者松开轮椅把手，转身举起双手。朝她飞去的子弹一碰到液化场，便纷纷化作银色的螺旋，四散而去。与此同时，稔听到她说：

“帮帮忙，把带子解开！”

这是她对稔下达的指示，不，是恳求。因为前面有液化者挡着，稔现在下车，也不会被对面看到。于是稔连滚带爬下到路面，冲向轮椅。

凝结者三川溜被套上了灰色拘束衣，垂着头一动不动。他果然没有意识。轮椅的座椅、靠背和脚垫上都装有牢固的绑带，将三川的全身牢牢捆住。

稔急忙去解左脚的绑带，谁知纯金属带扣是能用钥匙上锁的那种，怎么拉都没有丝毫松动。带子本身是尼龙做的，但得有锐利的刀具才能切断。虽然有液化者负责挡子弹，但是再拖下去，一定会等来大批前来支援的警车……不仅如此，除夕夜出动的自卫队攻击直升机搞不好也会杀过来。得赶紧离开这里。

稔死死盯着那张轮椅，焦躁仿佛要把他全身的血液烧开了。

这时，他忽然意识到——只要把凝结者装进SWITF的后备箱就行了。绑人用的轮椅太大，直接塞是绝对不行的。可要是卸掉轮子横着放，应该是能勉强塞进去的。

轮椅的轮子是用六角螺栓固定的，但稔当然没有螺丝钳。他只能用戴着黑色手套的双手抓住两个轮子的上端，使劲往外掰。

“唔……唔唔唔！”

他又不能大声吼，只能用最小的音量呻吟，同时使出全身的力气。轮辐一根根炸开，轮圈也逐渐变形。换成液化者，一眨眼的工夫就能把轮子分解掉，但她正忙着挡子弹，没法借助她的力量。

“唔唔！”

稔是典型的跑者身材，体型偏瘦。腿部可能还有点肌肉，可是论手臂力量，他是一点自信都没有。但第三眼宿主有时能靠意志力突破肉体的极限。从胸口到肩膀，再到手臂……肌肉不住发颤，不住起伏，造就超越极限的力量——

咔嚓！伴随着一声“惨叫”，支撑着轮圈的两根车轴都被掰断了。稔抛开轮子，握住车把，用最后一丝力气横着抬起轮椅，把脚朝前、头朝后的凝结者塞进后备箱，然后盖好后盖，大喊一声：

“OK了！”

“等对面的子弹用完了就逃！”

在液化者作答的数秒后，来自埃尔法的枪声戛然而止。一定是两名公安警官把各自的十多发子弹用完了。由美子跟DD肯定会立刻钻出被打碎的后车窗。必须在和他们交手前逃离这里。

稔与液化者一左一右绕过车子，分别冲上副驾驶席和驾驶席。引擎刚点着，她就挂到一挡，踩下油门。前轮尖叫着抓紧路面，使轻盈的车身迅猛加速。

“你趴着别动！”

液化者之所以下达这样的指示，必然是因为逃跑的路上也有无数监控摄像头。虽然这个姿势有点难为情，但他顾不了那么多了。他立刻趴在仪表板上，挡住自己的脸。随后，激烈的横向G力袭来。伴随着轮胎擦地的噪音，SWIFT一个左拐，再次加速。

“要……要逃去哪儿啊？”

现在问这个也太迟了，但稔还是情不自禁问出口。要不了多久，警视厅就会下达关于“白色SWIFT”的通缉指令。以自卫队三宿营地为中心的关键地区将设下无数关卡，逐一盘查来往车辆。继续在东京都内开这辆车，也不可能逃出天罗地网。

然而，液化者并未作答，而是再次转动方向盘，驶过人行道，然后停了车。

“先别抬头。”

液化者低声说道。随后传来开窗的响声。几秒后……

“没有摄像头，起来吧。”

“……”

稔战战兢兢地抬起头来，发现液化者貌似把车开进了碰巧路过的包月停车场，距离袭击地点还不到1公里。稔心想，难道她要在这儿换车吗……可不等他发问，液化者便说：

“现在的车基本都有发动机防盗锁止系统，不是想偷就能偷的。你先下车，把车牌上的贴纸撕了。”

“……哦。”

稔照她说的开门下车。已经能隐约听到警车的警笛声了，不能再磨蹭了。他走到车头蹲下，把几分钟前刚贴的假车牌贴纸撕下来。

起身一看，液化者的姿势却很奇怪。只见她双手按住车顶，双目紧闭。稔很好奇，但见她的注意力好像很集中的样子，又不好意思打扰。为了先完成人家交代的任务，他绕到车尾，撕下了第二张贴纸。就在这时——

微微的水声传来,SWIFT的纯白色涂装化作无数水滴，滚落在地。

“……咦？”

稔瞠目结舌，还以为她把整台车都溶化了，其实不然。液化的只是珍珠白的涂装，下面的亮黑色渐渐显现出来。

“这……这车有两层涂装？然后你只液化了外面那层？”

液化者迅速摇头道：

“我还没办法把力量控制得那么精准。白色的是贴膜啦，我只是液化了那层膜而已……上车吧。”

稔还没完全回过神来，但还是打开车门钻了进去。涂料跟贴膜的材质肯定是不一样的，可选择厚度不过零点几毫米的贴膜精准液化，也绝对是令人叹为观止的绝技啊。

——我总有一天要跟这个人再次交手。

稔再一次认识到这个事实，系好安全带。

漆黑的SWIFT驶出停车场，继续往南。才开了不到300米，便和一辆开着警笛的警车擦身而过。驾驶席上的警察好像朝这边瞥了一眼，但没有减速，直接开走了。

SWIFT是很常见的车型，再加上颜色和车牌号都跟通缉令说的不一样，警察自然不会起疑。这下应该能顺利逃走了……稔放松紧绷的肩膀。液化者仿佛是看准了这个时机，立刻问道：

“凝结者怎么样了？”

“啊……”

这的确是她眼下最关心的事情。稔把椅背稍稍往后倒，探身查看后排的情况。

由于稔是握着把手把轮椅塞进车里的，凝结者此刻是脚朝前躺着，看不清他的面部。稔伸出右手，握住凝结者被带子固定的左脚踝。一摸到脚踝与跟腱之间的胫后动脉，他便感觉到了脉搏。凝结者可能被打了药，脉搏稍显缓慢，却十分稳定。

“……脉搏很稳定。大概是打了麻醉剂睡着了吧。”

“是药……就好了……”

稔很快理解了这句话的弦外之音。如果凝结者是因为打了麻醉剂才睡着的，等药效一过，他自然会清醒过来。可万一是某种第三眼能力让他睡着的，“只有能力的使用者才能让他苏醒”也是完全有可能的。

可即便是这样，当务之急依然是逃出警方与自卫队的警戒网。液化者在下一个路口右转，往西驶去。稔本以为她会直接穿过世田谷区，逃亡多摩川方向，谁知才开了5分多钟，一开到七号环线，她便再次右转，开始北上了。

“呃……这是在往哪儿开啊？”

稔不禁问道。液化者却喃喃道：“该怎么办呢……”

“什么该怎么办……”

“我本想去组织的安全屋躲到风头过去，可安全屋也变得不安全了啊……总之只能先尽可能跑远一点了。”

“要离开东京吗？”

“别说是东京了，可能得离开关东……搞不好还得离开日本呢。”

“……”

稔从没出国旅游过，这话自是大大超出了他的想象。这时他忽然想到一件事，问道：

“你的法语是在哪里学的啊？”

“加拿大。”

稔无法判断这个回答是真是假，往旁边瞥了一眼。液化者把身子深深埋入车座，脸上并没有明显的表情。

SWIFT走上马的地下通道穿过246国道号线，继续北上。途中又迎面遇到一辆警车，也没有遭到盘问。液化者维持比法定速度快10码的车速，沿着左侧车道低调行驶。

内口袋里的手机震动起来。掏出来一看，是由美子打来的。稔点击画面上的接听键，刚举起来放在耳边，便听见电话那头传来急切的声音：

“没受伤吧？”

“嗯，所有人都没事。”

“哦……”她好像松了口气，继续压低嗓门说道，“我跟DD还在现场。临场指挥权从公安转移到了陆自的‘别队’。”

“转给‘别队’了？”

“他们好像暗戳戳掺了一脚。据说等下还要派直升机，记得注意头顶的情况。”

“收……收到。”

“一定要平安回来啊！”

轻声说完这句话，由美子边掐了电话。她只问稔他们有没有受伤，却没有打听他们此时身在何处，正要往哪里去。这也是由美子的一片苦心，如此一来稔就不用担心暴露自己的所在地了。小伙伴已经为他免除了后顾之忧，所以他也一定要完成自己的任务——亲眼看到液化者和凝结者逃到安全的地方，换得观星者的情报。

稔把手机塞回口袋，轻声告诉液化者：

“指挥权好像转交给了陆自的‘别队’，说是要派直升机搜查……”

“原来如此，火药味越来越重了啊。”

液化者也轻声回答，踩着油门的脚稍稍用力。她换了一条车道，超过一辆大拖车，再开回原来的车道。

导航画面的时钟显示，现在是深夜1点48分。换作平时，稔早就睡了……不对，是都快起来了，但也许是因为神经还非常紧张的缘故，他几乎睡意全无。眼看着SWIFT穿过小田急线，又越过京王线，一路向北。马上就到杉并区了……稔把窗户打开一条缝，竖起耳朵。目前好像还听不到直升机的响声。

如果要按液化者刚才说的逃出关东，一个办法是穿过练马区，上关越自动车道，另一个办法是继续开到足立区，然后上常盘机动车道。说不定她是真打算逃到外国去，至于该怎么逃，稔就完全想象不出来了。

可是无论如何,“继续行驶”是他们眼下唯一的选择。因为越是远离袭击地点，就越有可能逃离警方和自卫队布下的搜捕网。

那些成功甩掉特课——或是没能甩掉特课的深红之眼，都品尝过这种心情吗?

稔琢磨着这个问题，正要关窗。

就在这时，透过前挡风玻璃映入眼帘的夜景横向流动起来——车竟然毫无预兆地打滑了。

那是一种非常诡异的感觉，仿佛轮胎下面的路面都消失了。轮胎完全丧失了抓地力。SWIFT陷入半自旋的状态，朝右侧的中央隔离带冲去。

“唔！”

液化者一阵呻吟，猛打方向盘，同时换挡。直到右后轮碰到了分离带的路缘石，抓地力才恢复正常。SWIFT左右蛇行，好不容易才开回车道中央。

“怎么回事？”

稔吓得直喘气。液化者回答：

“是润滑者！正后方的DEMIO（注：中国市场称Mazda2）！”

稔连忙回头，只见20米开外真有一辆车，打着明晃晃的远光灯。被迎面而来的车照亮的锐利车头盖的确属于马自达的DEMIO。他明明看不到驾驶员，却感觉到了惊人的压力。

“为什么这辆车会……”

稔一声大喊。车明明改了颜色，车牌号也换过了，润滑者是怎么找过来的？犀利的声音随即响起：

“绝对有那家伙以外的第三眼宿主在追踪！不想办法甩掉他就完蛋了！”

“润滑者以外的宿主？”

稔瞠目结舌，再次回头望去，可惜远光灯实在太刺眼，占领后排的轮椅又遮挡了视野，所以他无法看清DEMIO里是不是还有别人。

就在这时，SWIFT再次侧滑。

这一回，车往马路左侧的护栏撞去。一定是润滑者在路面贴了润滑膜，彻底剥夺了SWIFT轮胎的抓地力。要是车的侧面以这个速度撞到护栏，搞不好会直接滚上人行道，四轮朝天。

“呜！”

稔咬紧牙关，把车门打开了15厘米，瞪着不断靠近的护栏，算准时间，把左脚伸到车外。然后立刻展开防御壁，踹飞了护栏的支柱。

就算是第三眼宿主，用肉身凡胎做这种事肯定也得断好几根骨头，但有了防御壳，就等于是有强度无限高的外骨骼护体。支柱承受了车体加三个人的重量，顿时扭曲变形。SWIFT也勉强避免了侧翻，开始往右滑了。

这时，他们总算逃脱了润滑者的润滑膜，前轮也终于抓住了路面。液化者猛踩油门，眼看着车速表的指针不断上升。稔关好车门，收起防御壳喊道：

“是……是不是停下比较好啊？”

“润滑者就等着我停车呢！绝对不可能安全地停下来的！”

液化者立刻反驳。她说得没错。在匀速直行时踩到润滑膜，车的姿态都会大受影响。如果润滑者看准转弯或减速的时候发动攻击，车便会彻底失控，瞬间开始打转。

“他的能力有多远的射程啊？”

“应该是50米左右！”

液化者如此回答，换到更高的挡位，继续加速。只要冲到能力的射程之外，就能逃脱润滑者的攻击——既然不能停，那就只能甩掉他了。

稔听着引擎的轰鸣回头望去，只见DEMIO的灯光是稍微远了几分，但没能进一步拉开距离。液化者用法语怒骂道：

“Salet é（可恶）！区区DEMIO还挺顽强……”

“区区……”

“国产紧凑型轿车就是SWIFT和DEMIO在打擂台！你先低头！前面有ORBIS！”

听到指示，稔连忙弯腰躲到仪表板下面。7号环线限速50码，可现在的车速已经超过100码了，绝对会被车辆超速自动抓拍装置（ORBIS）拍到。就在稔低着头的时候，SWIFT继续左右变道，持续加速。

“……好了！”

听到这话，稔抬头一看，只见方南町的地下通道近在眼前。液化者毫不犹豫地选择了主路，冲进了下坡路。车速迅速上升，在右车道缓缓行驶的单厢车的尾灯越来越近了。

突然，SWIFT的其中一个尾灯碎了，仿佛是爆炸了一样，从后盖传来一声闷响。稔顿感后背发凉，喊道：

“中……中枪了！”

回头望去，DEMIO紧跟在50米后方，驾驶员把手臂伸出了窗户。只见黄色的亮光一闪，车体后方再次传来骇人的响声。

“不好……窗户就不用说了，这车的后盖也没多厚啊！要是打中的地方不凑巧，.45ACP也能打穿！”

稔也能猜到液化者在担心什么。在SWIFT的后排，还躺着昏迷不醒的凝结者。他正抬起双脚，头朝后盖横躺着。玻璃一旦被打碎，他的脚就有可能受伤。要是子弹贯穿了后盖，他的头部也有中弹的风险。

SWITF超过单厢车，开过地下通道的最低点，开始爬坡。液化者把车挂到更低的挡位，一路猛冲，弹了一下回到平路。后面的DEMIO也没耽误，跟了过来。

从这里开始是一段单向三车道的大直道，为润滑者提供了绝佳的进攻条件。稔解开安全带，想钻过座位之间的缝隙爬到后面去。只要展开防御壳，躺在后盖前面，至少能保证凝结者的头部和身体不受伤。

可就在这时，稔忽然意识到，继续在公路上缠斗，“别队”迟早会听到风声。SWIFT跑得再快，也没法甩掉战斗直升机啊。如果对面用进攻京滨岛仓库的重机关枪扫射，连车带人都会被打得四分五裂。

必须立刻让DEMIO停下……拦住润滑者。

在劫囚行动开始前，稔对液化者说过：“我会想办法搞定润滑者的。如果今晚他再攻过来，请你先集中精力夺回凝结者。”他不能让这句话沦为谎言。

“……我来拦住他。”

稔回头看着后面如此宣布。液化者倒吸一口冷气：

“可……你要怎么……”

“没时间解释了！有多快开多快！”

“……”

液化者漏出一小口气，但没有追问。

前方没有其他车辆。SWIFT的涡轮引擎一阵怒吼，车速飙到150码。车直接开过黄灯，进入长长的直道。

——就在这里动手。

“一定要逃掉啊！”

喊完这句话，稔再次拉开车门。

剧烈的风压让他无法呼吸。眼前的沥青路面在视野中勾勒出无数条流线。他展开防御壳——飞身一跃。

稔一跳出副驾驶席，敞开的门就被风合上了。SWIFT稍微晃了一下，但很快恢复平衡，继续加速。

稔用眼角余光感觉到尾灯的光亮逐渐远去，瞪着迫近眼前的路面。

此时此刻，稔正以100码以上的速度在空中滑行。假设他的体重是55公斤，动能就是30千焦耳左右。如果就这样直接接触到路面，防御壳只能保证他不会受伤，但他一定会沿着马路一路滑行，最后和护栏激烈碰撞。到时候，开着DEMIO的润滑者早就追着SWIFT不见踪影了。

所以他必须双脚着地，而且在地面站稳。

他的计划违背了力学层面的能量守恒定律。不过第三眼这个东西本就超越了已知的所有理论。伊佐理理教授说，从严格意义上讲，稔带着防御壳行走时并没有踩着地面。他是通过下意识地操控能力，将脚的位置固定在空间本身上。

这一次，他要主动把自己固定住。

在无声的世界中，沥青悄然逼近。稔张开四肢，以前倾姿势不断下降。就在他感觉到肉眼不可见的壳接触到路面的那个瞬间。

——停下！！

他感觉不到冲击，连一丁点振动都没有。只是原本在视野中飞速流动的一切，都骤然静止了。

从未经历过的异样感觉向稔袭来，逼得他不住喘息。实在要打比方的话，就像是把踏上停止不动的自动扶梯时产生的异样感增强了数百倍一样。天知道30千焦耳的惯性动能跑到哪里去了。

但无论如何，他成功着地了。事后再做回理科班的学生，仔细琢磨吧。此时此刻，他要以特课成员的身份，做自己该做的事。

稔抬起头，吊眼梢的顶灯就在左前方。那是润滑者的DEMIO。后方没有其他车辆。

突然，一个奇怪的东西出现在DEMIO左侧的路面上，并以迅雷不及掩耳之势朝他接近。那是一片直径5米左右的灰色阴影——是他的润滑膜。

阴影滑入稔的正下方，随即停止。在代代木公园遭到突袭时，稔因为太过惊慌，连“带着壳要怎么走”都忘了，被润滑者玩弄于股掌之中。但今时不同往日——稔并没有“踩”在沥青路面上。

他右脚发力。即使站在润滑膜上，鞋底也完全没打滑，稳稳地接住了稔的脚力。

“唔哦哦哦啊啊——！”

他一边咆哮，一边用浑身的力气起跳，直直地扑向DEMIO的正面，跪在地上，双臂交叉。时间流动的速度变慢了，所有的感觉都变得清晰了。

稳能清清楚楚地看到前挡风玻璃后面的驾驶员——润滑者双手握住方向盘，身体前倾，大概是为了抵御撞飞稔时的冲击。此时的他和在代代木公园现身时略有不同，没有戴礼帽，但稔还是看不到他的长相，因为他的整个头部依然被灰色面罩覆盖。

原来是这样！稔心想，那面罩不是布，而是他用能力生成的润滑膜啊。他用摩擦系数为零的薄膜裹住了全身，所以击中他的子弹全打滑了，所有动能都无法传导到他身上。

但是此时此刻，润滑者本人就携带着巨大的动能。

——停下。

稔再次将防御壳固定在空间的某一点。

DEMIO的前格栅最先碰到防御壳。富有光泽的树脂凹陷裂开，涂料的薄片四处飞散。紧接着，金属做的引擎盖在稔的眼前被压瘪，仿佛厚纸板一般，然后瞬间裂成左右两半。

之后的破坏过程，犹如好莱坞大片的视觉特效。

水箱被压扁了，无数管道与电线被扯断了，引擎主体脱离底盘，被推到了更深的位置。电池被炸飞了，火花四溅，点着了泄漏的燃料，引发了橙色的小规模爆炸。

明明置身于如此壮烈的破坏现象之中，稔却感觉不到一点疼痛、冲击、轰鸣与热度。他只是瞪大眼睛，凝视一辆汽车被完全破坏的过程。

拥有绝对强度的防御壳被固定在了空间的某一点，这意味着可怜的马自达DEMIO无异于撞到了一根深深打入地面的钢铁桩子。车辆重达1吨，又在以150码的速度行驶，它所携带的动能被全部反弹到了自己身上——

在引擎室被完全压烂的同时，车体脱离地面，倒立起来。

随后，稔便看到了——冲破前挡风玻璃，朝前方飞去的驾驶员。

就算他全身包裹着润滑膜，也无法抵消无处可泄的冲击。灰色的西装被残忍地撕碎，松开的领带在空中飘舞。有黑色水珠从他嘴边滴落，那应该是血吧。他的内脏一定遭到了重创。

车头被破坏殆尽的DEMIO一边翻滚，一边飞跃稔的头顶，然后车顶朝下坠落在地，继续滑行，带着一串火花与中央隔离带激烈碰撞。片刻后，一团巨大的火焰将它包围。

稔解除了防御壳的固定，为了抓住润滑者起身奔跑。他从熊熊燃烧的DEMIO侧面跑过，环视宽阔的路面。

找到了,20米开外，有个黑色的人影躺在地上。稔带着防御壳，谨慎地朝他靠近。

看起来很贵的西装破得不成原样，皮鞋也少了一只，但他绝对是润滑者没错。他的四肢无力地瘫在地上，纹丝不动。

他死了吗?

如果死了，那就是稔杀的。胃被勒紧的感觉汹涌而来，但稔迅速往腹肌用力，拼命忍住。这并不是他第一次杀死深红之眼。第一个和他交手的敌人咀嚼者试图咬碎他的壳，最终头部爆炸，一命呜呼。杀死咀嚼者的就是稔，润滑者恐怕也不会是最后一个。真有懊悔，那也是针对没能问出一点关于“组织”的情报这件事的懊悔。

稔边想边上前一步。

就在这时，润滑者被身体挡住的左手像蛇一样动了。他将手中的大号手枪对准了稔。枪口接连喷火。

润滑者总共开了三枪。一枪落在稔的眉心，另外两枪落在他的胸——准确地说，是离他还有3厘米的空间。子弹在扭曲变形的同时被弹开了。手枪的套筒依然保持后退的状态，可见子弹已经用完了。可即便如此，润滑者仍在继续扣动扳机。

“……”

稔默默走上前去，用左手夺过枪，再蹲下来用右手扣住他的脖子。只要继续用力，稔就能轻松杀死他。

然而，稔当然不会那么做。

他就这么按着润滑者的脖子，盯着那张被奇妙的灰色薄膜包裹的脸。看着看着……

忽然，膜化作无数细微的粉末，剥落下来，露出一张随处可见的中年男子的脸，除了“消瘦”之外，毫无特征可言。稔盯着那双眨个不停，深深凹陷的眼睛，从中读出了一种强烈的情绪，不禁有些不知所措。

恐惧。

润滑者——在深红之眼的“组织”内部，他是与液化者同级的干部，更扮演着行刑者的角色。这样一个人，竟对稔产生了强烈的恐惧。

——我是特课最底层的小喽啰，只能保护自己啊，有什么好怕的。

稔心里是这么想的，但尽量没有让困惑表现在脸上。想怕就怕吧，因为他肯定没少让别人害怕。

红光反射在右侧不远处的中央隔离带护栏上。稔按住润滑者转头望去，只见在烈火缠身的DEMIO后面，有好几辆警车正朝这边驶来。不仅如此，还有五六台普通车辆停在左侧车道。因为路上尽是散落的塑料和金属的碎片，没法开车了。

该如何跟不了解内情的警官解释呢？稔一边思索，一边把头转回正前方。

SWIFT的尾灯已经看不见了。一想到自己也许再也见不到那个人，竟有种奇妙的感觉涌上心头，但稔也不知道那究竟是什么感觉。

11

“真是的……一开始就跟我解释清楚，我也能帮你们提前打点打点啊。”

身披白大褂的少女捧着胳膊站着说道。稔和一旁的由美子同时缩了缩脑袋。

就在他向侧面拼命释放“解释的重任就全部交给你了”的坚定决心时，由美子也许是接收到了他的信号，用没精打采的声音回答：

“呃，是这样的……我们是觉得吧，要是把事情都跟你说了，那就是你的责任问题了，会给你添麻烦的……”

“我是一线负责人啊，当然要负责了！”少女——特课的代理课长兼作战指挥官伊佐理理教授不假思索地回答，然后板着脸补充道，“还有，你刚才那句‘呃，是这样的’还颇有些阿稔的风范呢。”

由美子的嗓子眼发出“唔”的怪声。在教授的身后，坐在椅子上的DD咯咯直笑。换作平时，加速者的双眼早就发射杀人光束了，但这一回她把DD蒙在鼓里，心里多少有些愧疚，所以态度也强势不起来了。

教授仰视垂头丧气的由美子和稔，呼了口气，走了两步，坐在她最爱的网布办公椅上，把踩着可爱拖鞋的腿跷成二郎腿，啜了一口稔刚给她泡的咖啡牛奶——牛奶的比重在百分之九十五以上，咖啡成分只是用来增添香味的。

现在是凌晨4点40分，七号环线上的汽车追逐战是两个多小时前的事情。特课总部5楼窗外的夜空还是一片漆黑，但要不了多久，始发列车就要开出车站了。

“不过嘛，既然事情跟观星者有关，我就没法责怪小由子他们的判断了……”教授喃喃道，放下马克杯，望向窗外，“因为救回小克……救回克蕾雅也是我的夙愿啊。之前我一直没多插嘴，毕竟奥利维也让我们别提来着，但事态既然已经有了转机，我们还有什么理由不把救人设定为优先级最高的任务呢？只可惜奥利维那家伙现在不在……”

“话说奥利维同学跟雏同学的伤……”

稔插嘴问道。教授连人带椅子转了一圈说：

“小雏子只有些轻微的碰伤，明天……不对，是今天应该就能回来了。为保险起见，奥利维要住院两三天，不过我听说他的伤比南青山那次轻多了。”

“这样啊……”

稔松了口气，后悔同时涌上心头。

如果他能冷静行事，在代代木公园的时候也不至于束手无策，完全可以无视润滑者的润滑膜。他本可以让奥利维耶不中枪，本可以让雏不挨打——本可以让液化者不中弹。

“又瞎想。”

由美子突然伸手戳了戳稔的侧腹部。

“好痛……干吗啊！”

“我还不知道你在想什么吗！这一次你尽了全力，而且收获了远超预计的成果。现在你只要往前看就行了。在救回克蕾雅的作战计划里，你的力量也是不可或缺的啊。”

“……嗯。”

稔点点头，将视线转向挂壁的大屏幕。

屏幕上打出了在线地图，外加一张照片。那是东京湾的地图。照片的主角是一艘大型游轮。拍摄者貌似用了相当厉害的长焦镜头，海面的空气都在摇晃。

“真没想到，深红组织的大本营居然是艘船……难怪我在都内转了一圈又一圈，却什么都没闻到。”

DD嘟囔道。由美子立刻问道：

“东京湾横断道路跟湾岸线不是都走过好几次吗？当时你就没察觉到吗？”

“完全没有。大概他们定了规矩，绝对不在船上使用能力。”

“也是，你的鼻子越来越出名了。”

听着两人一唱一和，稔不由得想，还好这次的行动没有以失败告终。他们起初只想交换情报，最后却闹得天翻地覆，好在没有一个普通人、警官和特课成员在行动中牺牲。不仅如此，他们还得到了想要的情报。

船的照片是液化者在一个多小时前发给稔的。邮件的正文里只有一个词——Merci（谢谢），不过照片上有地理位置标记，可以查到拍摄点的经纬度。这艘大型游轮应该就是深红之眼的大本营没跑了。如果液化者提供的情报属实——奥利维耶的妹妹齐藤克蕾雅也被囚禁在这艘船上。

“不过再高级的游艇，在上面住好几个月真受得了吗……”

DD提出了疑问，教授也将视线转向屏幕说道：

“他们也不可能一直停在海上，肯定是定期回船坞的……我听说像这样长期生活在船上的人还不少呢。”

“呵，真优雅啊。”

DD的评论中满是艳羡。这回轮到由美子插嘴了：

“那你也用特课遣散费买条手划船呗，在船上搭个帐篷住不就好了？”

“那种生活跟优雅完全不沾边好不……”

“总而言之！接下来的任务就是把这艘船揪出来，查出和它签约的船坞。不过船那么大，整个东京湾恐怕也没有几个船坞能停，应该不会很难找的。”

由美子连珠炮似的说着，将右拳砸向左掌。

想必对奥利维耶以外的特课成员而言，救回克蕾雅也是深藏在心底的夙愿。稔是事发后才加入特课的，没法和他们百分百共享这份情感，但他也拿出了十二分的斗志。因为姐姐若叶要是还在，她也一定会让稔全力以赴去救克蕾雅的。

“……那我先回一趟家。”

听到稔这么说，由美子走过来问道：

“你今天还要去上学啊？”

“当然要去啊……第三学期才刚开始呢。”

“真是个好学生。我开车送你吧，你在车上睡一会儿好了。”

说着，由美子抬脚要走，却被稔拦住了。

“今天就别送我了，你也熬了一晚上没睡啊……而且我坐的是下行列车，肯定能找到空位的。”

“啊？别客气嘛。”

“回头练摩托车的时候会找你帮忙的啦。”

听到稔的回答，由美子抿嘴一笑，拍了拍稔的后背。

“那是当然，等着接受最严格的特训吧。”

走出特课总部时，天色还很昏暗。行动时没怎么放在心上的隆冬严寒渗入骨髓，让他不由得拉紧了大衣的领口。

为了升高体温，他加快步速，同时呼出一口白花花的气。

这下是真的得买摩托车了。然而，把他逼到这一步的正是他自己。在提交给3E会议的报告中，他如此解释了自己和润滑者交战并将其捉获的原因——在骑摩托车路过七号环线时偶遇润滑者。也是啊，他总不能说自己当时正陪着液化者吧。

既然这么写了，那么今后上头完全有可能下达以“稔能骑摩托车”为前提的指示。于是只能临渴掘井，以最快的速度拿驾照、买摩托车了。由美子貌似打算在本周把整件事搞定，所以这阵子怕是要每天放学后练车了。

不过比起摩托车，更让稔担心的是液化者。她都有工夫发邮件了，可见她暂且逃到了安全的地方，可接下来要怎么办呢？她真能信守对稔做出的承诺，不让凝结者再杀一个人吗？

在回特课总部的车上，稔问由美子——迄今为止有多少人是死在液化者手上的？

没想到由美子思索片刻后回答：“人数不明。”也就是说，没有一个死者能明确归咎于液化者。

话虽如此，这不足以让他相信液化者真的没杀过一个人。毕竟她在南青山的组织据点对稔、雏和由美子毫不留情，分明是要置他们于死地。还有昨天晚上，要不是稔拼命阻拦，她肯定会用液化能力撂倒移送车上的警官。

稔抱着些许疑问，走在破晓前的昏暗中。走到明亮的明治大道后右转，再沿着刚打开卷帘门的楼梯下到地铁站。

在头班车开来之前，他稍微等了一会儿。在开着暖空调的车厢里坐稳以后，强烈的困意汹涌而来。他还得在池袋换车，不能睡死。要不看看单词本吧……想到这儿，他才察觉到自己两手空空。

装有教科书和笔记本的邮差包，落在SWIFT的后排了。

“……”

稔发了会儿呆，把头靠在窗玻璃上。

他也不知道液化者的车正在哪里行驶。说不定人家已经开出关东了，包怕是拿不回来了。笔记本是为了迎接即将到来的第三学期新买的，还得重新买五门课的教科书。

还好收下了特课的报酬。稔一边想着，一边轻轻叹了口气。

稔把自行车放在学校了，所以从与野本町站走到家的时候已经是6点30分了。

虽然是卡着点进家门的，但好歹在典江起床之前进了浴室。他脱下稍微有点汗臭味的校服，冲了个澡，回到自己的房间换上备用的校服。把没丢的教科书和新的本子塞进以前用过的背包，再下到一楼，正好遇到刚起床的典江。他对典江说了早安，为突然外宿道过歉以后，和她一起准备早饭。

出门的时间跟平时一样。

稔品味着重新回归日常生活的感觉，快步行走。箕轮朋美貌似要在医院住上几天，所以今天早上应该不会在上学路上见到她，可是每次有穿着吉城高中运动服的女生超过他，他的视线都会不由自主地被吸引过去。

到头来，他还是没挤出时间找特课成员商量一下在学校暗中流行的神秘贫血症状。不过让思路沉淀了整整一天以后，他愈发觉得跟尾久讨论过的“幽门螺旋杆菌恐袭假设”有点荒诞无稽了，应该有更合理的解释才对。

尾久昨天说，他会去调查一下其他运动社团有没有出现贫血症状的成员。等今天听了他的调查结果以后再下判断也不迟。他仰望超级竞技场的大屋顶得出这个结论，踏上矛杉桥的台阶。

为保险起见，他在过桥前闻了闻空气的味道，还用眼睛查看了四周的情况，却没有发现可疑的人影。也是啊，液化者此刻肯定在几百公里开外的地方。

谁知——

就在他穿过矛杉桥，沿着cocoon city旁边的路往东走，快走到吉城高中正门口的时候，后背毛骨悚然的感觉扑面而来，逼得他停下脚步。

只见正门边上站着一个身着水手服的女生。那衣服黑兮兮的，并不是吉城高中的校服。校服外面是深灰色的军装大衣，脸上架着一副大大的黑框眼镜，头发扎成两条麻花辫……那人的打扮跟前天出现在矛杉桥时一模一样，唯一不同的是多了一只挎包。

“液……”

稔将差点脱口而出的那个词和冰凉的空气一起吞进肚里。他可不能在这里把事情闹大。因为液化者好像在跟吉城高中的学生说话。

稔蹑手蹑脚地走过去，对话声传入耳中。

“……哦，你要参加今年的插班考试呀。知道老师的办公室在哪儿吗？要我带你去吗？”

跟液化者搭话的是个高三的学姐。稔不知道她叫什么名字，却记得她好像是学生会的干事。面对如此贴心的提议，液化者露出标准的好学生微笑，回答：

“谢谢学姐，不过我已经跟你们学校的朋友约好了，他会带我去的。”

“哎呀，原来是这样啊。可站在这儿等多冷啊？要不要进校舍等啊？”

“没关系，他正好来了。”

说着，液化者回过头来，仿佛是察觉到了稔的接近——不，她应该是真的察觉到了吧。学生会干事也抬起头朝稔望去。事已至此，只能配合液化者演戏了。

“……早上好。”

稔轻声打着招呼，朝两人走去。学姐后退一步，微笑道：

“你要好好给人家带路哦。要是木田同学想了解吉城高中的校园生活，可以利用午休时间到学生会活动室来。”

“好的，多谢学姐。”

液化者鞠躬道谢。

目送学姐走进校园，逐渐远去后，稔抛出最新的疑问：

“呃……木田是谁啊？”

“当然是我的假名啊。先换个地方吧，这样太惹眼了。”

液化者一脸严肃地轻声说道。稔迅速环视四周。路过的学生们的确有一大半都投来了好奇的视线。

可他们能去哪儿呢？这个钟点，店都没开门啊……想到这儿，稔才反应过来。敢情液化者是想进学校啊。

稔在脑海中一声大喊：绝对不行！可情势容不得他拒绝。此时此刻，周围的学生都跟液化者的人质没差。只要她想，绝对能在1分钟以内消灭视野范围内的数十个人。眼下他只能服从指令了。

稔用僵硬的动作点了点头，与液化者双双迈入校门，姑且往没人的中庭走去，同时在脑中拼命梳理情况——奈何线索太少，再加上睡眠不足，他完全搞不懂这到底是怎么回事。

“……你真要插班过来啊？”

等周围没有其他学生了，他立刻抛出第二个问题。液化者露出一副特别无语的表情。

“怎么可能是真的嘛。”

“那你为什么要来这里啊？而且你是怎么知道我在这里上学的……”

“我是来还这个的，空木稔同学。”

液化者理所当然地取下挂在右肩的包，递给稔。稔才发现，那正是自己的邮差包，惊得下巴都快掉了，愣了两三秒才慌忙接过来。

“多……多谢，帮大忙了……”

他姑且道了谢，但谜团并未解开。包里应该没有写着校名和自家住址的东西啊。虽然教科书上肯定写了班级跟姓名，可是照理说，她是很难光靠这些判断出他就读于吉城高中的。

液化者大概是通过表情读出了疑惑的具体内容，指着稔的胸口说道：

“你昨天一直穿着这套校服不是吗？看了那么久，我当然能记住纽扣上的图案。”

“啊……”

稔低头望向自己的身体。此时此刻，所有纽扣都被大衣和围巾挡着，但他昨天曾多次脱下这两样东西。校服的金纽扣上有校徽的浮雕，只要把新都心附近的高中列出来，查一遍主页，就能毫不费力地找到他就读的学校了。

——以后得在执行任务之前换身衣服。

稔下定决心，同时切入正题。

“……也就是说，你是为了把包还给我，才特意查到了我的学校，专程跑了一趟？”

“不只是为了还包。”液化者隔着眼镜打量稔的全身，如此说道，“我还有两件事要找你。一为善意的提议，二为请求。”

“什……什么提议……”

“在超级竞技场跟你谈话的时候我也提过，你身上有点气味。”

“……”

稔一边往后缩，一边再次打量自己的身体。明明刚换了校服，还冲了澡，不应该有汗臭味的啊。

“你想歪了，不是体味。”

液化者微微耸肩，迅速靠近，把脸凑向稔的脖子。虽说周围没有其他学生，可也不是整个中庭都没有人，所以稔急得往后跳了一下。谁知一听到液化者接下来说的话，他便惊得动弹不得。

“是别人的能力留下的气味。有别的宿主对你动了手脚，只是作用力非常微弱罢了。”

“啊？”

稔倒吸一口冷气，看了看液化者的脸，又看了看自己的左手。

“别的宿主？难道这附近有未知的深红之眼吗？”

“你是不是糊涂了啊？我一个深红，怎么可能闻得出深红的气味呢？”

“……”

稔再次语塞，却恍然大悟。液化者说得没错。

黑色第三眼（漆黑之眼）宿主与红色第三眼（深红之眼）宿主都有“靠气味侦测敌人”的能力，但是侦测对象仅限于“敌人”——也就是说，漆黑只能闻出深红的气味，而深红也只能闻出漆黑的气味。探索者DD属于例外情况，漆黑的气味他也能闻出来，但据说针对漆黑的有效范围要比深红小得多。

“有漆黑之眼……对我做了手脚……”

稔喃喃着开动脑筋。莫非是某个特课成员运用某种能力对稔造成了持续性的影响？可是据他所知，除了冰见课长，特课里应该没有拥有这类能力的成员。

难道是最近都没见过面的课长，对我做了什么手脚吗——然而，稔的推测再一次被液化者的发言推翻。

“不光是你。我刚才之所以站在校门口，也是为了检查有没有其他受能力影响的学生，结果在开门之后的半个小时里，居然有四个被影响的人从我面前走过，而且他们受影响的程度都比你深得多。我也不知道那个宿主具体动了什么手脚，反正每个人的脸色都很差，有种随时都要病倒的感觉。”

“脸色……很差？”

听到这里，许多零散的线索瞬间拼成一幅完整的画面。

昨天早晨，箕轮朋美在稔的面前晕倒，面色惨白。

在教室里瞪着稔的津森聪，也是面如土灰。

午休时，尾久昇说了这么一句话——

有人盯上了尖子生跟运动健将？有人故意让箕轮、前崎和理科班的那帮优等生感染了幽门螺旋杆菌？

原来，罪魁祸首并非幽门螺旋杆菌，而是第三眼能力。而且让这所学校的学生们出现贫血症状的人，是和稔一样的漆黑之眼。

“看来你是有头绪的呀。”

液化者的观察力依然敏锐。稔微微点头回答：

“嗯……我还以为他们是真病了，没想到是第三眼的能力造成的。可如果真是那样，你蹲守在校门口岂不是很危险吗？站在那儿不光会遇到被害者，还有可能撞见使用能力的人啊。”

“我巴不得撞到那个人呢，正好能看看对方的反应。反正特课已经知道我长什么样了，被看到又不会少块肉。”

“看对方的反应……要是打起来了，你打算怎么办啊？”

“不会打起来的，对面是漆黑啊。”液化者轻描淡写道，把视线转向校舍，“然后……那位动手脚的漆黑同学应该还没来。怎么样？要不要我帮你把他找出来啊？”

“呃……”

稔很想说“我自己来就好了”，但他无法根据气味锁定目标，凭一己之力找出那个漆黑之眼恐怕很难。换DD来当然是小菜一碟，可他想在上报特课之前先了解一下大致的情况。毕竟他一旦汇报，3E会议肯定会接到消息，到时候他们搞不好会把整座学校封锁起来。

“……不好意思，那就麻烦你帮个忙吧……呃，只要找到那个人就行了……”

听到稔的回答，液化者应道：“好。”随即压低嗓门补充道：

“我倒不是让你立刻还我人情，只是有件事也想请你帮个小忙。”

“啊……你刚才是提过一嘴呢。要我帮什么忙啊？”

“这里不太方便，能不能找个没人去的地方啊？”

学校里哪有“没人去”的地方啊——稔刚想说这句话，却想起尾久昨天带他去的好地方，南校舍屋顶下面的楼梯平台。

稔抬手看表。预备铃还要30多分钟才会响。

“……不会花很长时间吧？”

“5分钟左右就能搞定了吧。”

“那……跟我来吧。”

稔心想，这下局势越来越不可控了……但他还是朝南校舍的入口走去。

换上来客专用的拖鞋，走进校舍，再趁老师不在上楼，总算是在没被任何人看到的情况下突破了4楼。他松了口气，走向平台。

液化者瞥了眼尾久的“秘密基地”，面露浅笑道：

“原来如此，每个学校基本都有这种不为人知的好地方呢。”

“……你现在这身打扮，和昨天那身打扮，哪一种才是你的伪装啊？”

问题脱口而出之后，稔才想起由美子昨天也提过同样的问题。液化者继续打太极：“随你怎么想。”说完便脱起了军装大衣。

“你……你在干吗？”

“只是脱外套而已，放心吧。”

谁敢放心啊……稔差点就往后退了，可身后就是墙壁。液化者把脱下的大衣递给稔，正色道：

“我左思右想，还是觉得润滑者之所以能跟踪我，肯定是因为另一个第三眼宿主对我做了标记，就像我昨天说的那样。”

稔接过大衣，重复道：

“标记？”

“嗯。因为我把全身上彻底清理了一遍，不可能有信号发射器之类的东西，手机也换过了……不想办法清除那个标记物，无论我逃到哪里都是白费力气。”

“所以你才留在了东京啊……”

稔低声说道。液化者却歪着脑袋说：

“大宫可不是东京哦。”

“我……我知道啦，反正是东京附近嘛。”订正后，他继续问道，“……凝结者现在在哪儿啊？”

“具体的位置没法告诉你，总之他在附近一处安全的地方。只是……”液化者吞吞吐吐，眼镜后的眸子蒙上一层阴霾，“……他的呼吸和脉搏明明都很稳定，却一直没有清醒过来。第三眼宿主的药物代谢速度是很快的，无论用了什么麻醉剂，药效都该过去了啊……”

“啊？”稔也皱起眉头，想起了昨晚瞥见的那张睡脸，“他的脸色不差啊，看起来好像随时都会醒来……”

“我觉得这很有可能是第三眼能力造成的，却一点气味都闻不出来。如果是特课的人，也就是漆黑之眼的能力所致，我应该是能察觉到的啊。”

“据我所知，特课好像没有能让人昏睡的……”

说到这儿，稔连忙闭嘴。怎么能随随便便泄露特课的内部情报呢？即便是否认特课有这样的人也不行。虽然他们正在心平气和地对话，但液化者依然是深红之眼，依然是他们的敌人。

也不知液化者有没有瞧出稔的心思，只见她再次面露浅笑：

“不过嘛，凝结者那边我会自己想办法的。这次来找你帮忙，是为了解决装在我身上的标记物。”

“……我可没本事解除别人的能力啊。”

“我也没让你解除啊。”

说着，液化者双臂平举。

“嗯？”

“闻一闻我全身上下的气味。那种气味可能会非常微弱，但我要是真的被人做了标记，你这个漆黑之眼一定能闻出来的。”

“啥？”

稔正要说“那怎么行啊”，却被液化者抢了先。

“我也不想的啊，可没有别的办法了……再说了，说不定你们也被同一种能力标记了呢？能趁现在搞到关于标记能力的情报，对你也是很有好处的呀？”

“……”

人家都说到这个份儿上了，只能点头。如果特课成员也被做了标记，却没有发现，搞不好会暴露特课总部的所在地。

稔下定决心，上前一步。他本想和液化者保持70厘米左右的距离，谁知她也凑近了一步。

“离得那么远，怎么闻得到啊？”

“哦……”

稔在心中反复暗示自己，现在可不是难为情的时候。两人的距离越来越近，鼻子几乎都要碰上了。稔先仔仔细细闻了闻她的头部，却只闻到了洗发水的香味。双耳和脖子也一样。

“……咦？”

这时，他才察觉到异样。

“闻到了？”

“不是……我觉得有点奇怪。离得这么近，我应该能闻到你自己散发出的‘深红味’的……就算你没有使用能力也能感觉到。”

“……”

液化者一反常态，瞠目结舌。片刻后，她轻叹一声：

“哦……也是。那就是气味混在一起了，闻不出来……”

“不，我不是这个意思……”稔凝视着眼前的液化者，告诉她，“我是一点气味都闻不到。前天在矛杉桥见到你的时候……还有在涩谷的酒店处理伤口的时候，我明明都感觉到了你的气味……现在却只闻到了洗发水的香味……”

“啊？”

液化者皱起眉头，一下子把脸凑到稔的胸口，用鼻子闻了闻，然后直起身子说：

“……还真是，我也闻不到你的‘漆黑味’。怎么会这样？”

“你问我，我也……”

稔一头雾水，液化者倒是很快调整好了心态。

“这个问题可以回头再慢慢研究。如果我自己没有散发出气味，恰好能帮你找人。再闻闻我身上。”

“……好。”

稔心想，现在只能向前看了。他再一次把鼻子凑上去，从水手服的领口闻到后背，再到手臂。还是没有怪味。他又专心闻了闻胸前和腹部，再从右腰窝腰转移到左腰窝，就在这时——

“啊！”

他又喊了一声。

那种气味一闪而过，但他的确闻到了。仿佛是把血液的金属味和植物的草味混在了一起，直教人联想到野兽。

他把鼻子顶在粗涩的深蓝色哔叽布料上，使劲吸气。绝对没错，在肋骨下方5厘米左右的位置，有一股深红之眼的能力所特有的气味，微弱却清晰。

“就……就在这里！”

稔用食指戳向腰窝喊道。液化者把身子一扭：“喂……别突然戳人行不行啊！”

她猛地推开稔，然后毫不犹豫地撩起水手服的衣角。贴身的厚内衣也一并拉起，露出雪白的肌肤。她用左手指尖用力按了好几下，随后便停下了。

“啊……这里有东西……”

她嘟囔着用两根手指抓起一块肉，可是稔什么都看不到。

“怎……怎么办？”

“你没有手术刀、消毒药水之类的东西是吧？”

“怎么可能有啊……”

“唔……”

液化者把右手伸进裙子的口袋，掏出一枚百元硬币，举到和双眼同高，盯着它看。

忽然，硬币的下半部分发软变形，仿佛融化的奶糖，拖着长长的丝线滴落。就在顶端的水滴与主体分离的那一刹那，伴随着微弱的响声，金属再次硬化——液化者捏着的东西已经不是“硬币”了，而是一根带有扇形抓手的银色小针。

“……你要用它扎吗？”

“不然它还能有别的用途吗？”

“都没消过毒，要不要紧啊？”

“病毒跟细菌早就被液化了，死得干干净净的。”

液化者满不在乎地断言道，把针凑近用指尖夹着的皮肤，将锐利的顶端垂直插入。等针头陷入1厘米左右以后，再迅速拔出。从伤口渗出的鲜血汇成一颗小血珠。

刚拔针的时候，情况并无变化。谁知几秒后，稔便惊得瞪大双眼。

液化者的皮肤下面，分明有什么东西在动。

比米粒更小的物体一边不规则地蠕动，一边接近伤口。血珠逐渐膨胀、颤动，随后滴落在地。

“啊？”

一看到那个东西，稔便发出一阵惊呼。

在飞溅的小小血迹中，一条圆锥形的虫正在缓慢蠢动。全长不过4毫米左右，没有长脚，但粗的那头挂着几根超细的丝线。

液化者蹲下来，把右手握着的针插进它的身体，然后站起来盯着它看。稔也把脸凑过去，凝视针尖上的虫。

小虫沐浴着两人的视线，挣扎片刻后不再动弹。然后，它竟融化变形，化作暗红色的粘液，顺着银针流下。

“刚才……那是……什么啊……”

稔用嘶哑的声音喃喃道。液化者却冷静应答：

“我不太了解生物，却不觉得世上会有死后立刻溶化的虫子。这肯定是用第三眼能力制造的生物。”

“可是……谁能用能力做虫子呢……”

说到这儿，稔终于想起来了。在短短5天前，他刚跟一个“用能力制造出各种虫子”的深红之眼交过手。

“……刚才的虫……是刺击者的？”

“肯定没错。”

液化者板着脸点点头，把右手捏着的针也溶化了。银色的水珠落在地上，化作微小的金属球滚到平台的角落。

“我在大井码头跟刺击者搏斗过……他应该就是在那个时候植入了虫子。”

“话说回来……刺击者在追踪凝结者的时候，用的是一种非常细的丝线。如果刚才的虫子就是丝线的源头……那你这五天岂不是一直在吐丝吗？”

“别把我说得跟青虫一样好不好！”液化者用右手轻戳稔的胸口，摇了摇头，难掩厌恶之色，“如果真是那样，我早就发现了。吐丝的虫……就叫它‘吐丝虫’吧。吐丝虫可能有两种用法，如果它能成功寄生在人体，就能发挥出无线信号发射器的作用，如果没有寄生成功，就吐丝用作记号。”

“嗯……再怎么不注意，那么大的虫子戳进肉里一定很疼的。要想在不被人察觉到的情况下寄生，就得趁宿主被其他疼痛分散了注意力时下手……”

光是刺击者在之前的战斗中用过的三种虫（刺虫、导弹虫和线虫）就已经够让人头疼的了，没想到他还能制造出第四种专门用来跟踪的虫，不得不说他的能力着实超乎寻常。特课总有一天要再次和刺击者交手的，在那之前必须做好充分的准备……

“咦……可是……慢着！”

稔打断了自己的思路，望向液化者的脸。

“嗯？”

“呃……如果刚才的虫子是刺击者用他的能力制造的，那就意味着是他为润滑者提供了情报，所以润滑者才能找到你，不是吗？可刺击者在5天前发动袭击的时候是见人就打的，不管对方是漆黑还是深红……照理说，润滑者也应该是他的攻击对象啊！”

“你才发现这里头有问题啊？”液化者一副很无语的样子，用手轻抚刚摘除吐丝虫的左腰窝说道，“照理说，这说明润滑者跟刺击者是有联系的。如果真是那样，那么下达指令要消灭我的也许并不是‘组织’，而是其他势力……”

“……深红之眼还有‘组织’以外的势力吗？”

液化者没有对稔的嘟囔做出回应，而是把内衣的衣角塞进裙子，又拿起挂在门把手上的大衣，想要穿起来，可左臂才刚抬起来一点就僵住了。一定是肩上的枪伤还有些疼。

稔默默伸出手接过大衣，帮她从背后套上。液化者回过头来，眨眨眼对他道谢：

“谢谢……话说润滑者怎么样了？”

稔有些犹豫，不知道该不该回答这个问题。不过转念一想，液化者毕竟被润滑者打伤过，有权了解他的近况，便开口回答：

“被送去凝结者之前住的那家医院了。伤得很重，估计要治一段时间了。”

“哦。”液化者点点头，再次向他行注目礼，“当时多亏你拦住他的DEMIO。说出来还挺不甘心的，但我一个人真心搞不定。”

“真的只有你一个人的话，就不至于束手束脚的了，哪还有什么搞不定的啊……”

听到稔这么嘟囔，深红之眼回了一个淡淡的苦笑。

“也是……有要保护的人可真不容易啊。不过路是自己选的，我是不会抱怨的。总之还是要谢谢你。虽然也只能口头上道个谢而已。”

“你真想谢我的话……以后能不能别叫我‘小朋友’啊？”

稔觉得提这点要求还是没问题的。听到这话，液化者的笑容仿佛更深邃了几分。

“好吧，稔同学。”

呃，喊真名也有点……稔顿时急了，可惜为时已晚。见稔表情微妙，液化者“咯咯”笑了几声。谁知片刻后，她的笑容突然消失了。

她一个箭步冲上来，把稔的脑袋往下按。

“嗯？”

“嘘！有漆黑的味道！”

听到耳边的嗫语，稔瞠目结舌。南校舍的4层只有每个科目的准备室而已，照理说学生是不会在快打预备铃的时候过来的。如果对方是因为察觉到了液化者的存在才过来的，搞不好会大打出手。

稔蹲在扶手内侧，在心中不住地祈祷：“别过来！”不一会儿，便听见了上楼的脚步声。不是老师们穿的拖鞋……那分明是学生穿的室内鞋和树脂地面摩擦时发出的响声。

脚步声在抵达4楼后戛然而止。暂停数秒后，那人又走了起来。但他没有继续上楼，而是沿着走廊走远了。开关房门的声音传来，随后四周便安静下来。

稔还被液化者按着，低声问道：

“刚才那人是被害者？还是……”

“从气味的强度来看，应该是宿主本人。而且离得那么近，对方应该也闻到了我的气味。”

“啊？那他为什么……”

那他为什么没有逃跑或是到这边来呢？液化者用一句话消除了稔的疑念。

“因为他不知道啊。”

“啊？”

“他只觉得有股怪味，却不知道那是漆黑之眼的宿敌——深红之眼的气味。也就是说，那是个没跟其他第三眼宿主接触过的‘野生漆黑’。”

出乎意料的洞察让稔哑口无言。红黑两色的第三眼是三个多月前降临东京近郊的。难道在此期间，那个人一直过着普普通通的生活，没有接触到任何第三眼宿主吗？

“刚才那个漆黑进了走廊右拐后直行10米左右的房间。你打算怎么办？”

被液化者这么一问，稔看了看表。离预备铃还有5分钟，离早上的班会还有10分钟。算上走去高一一班教室的时间，他只有10分钟可用了。但那个漆黑刚好落单了，机不可失。

“……我去。”

话音刚落，液化者就松了手。

“那我也去。”

“啊？为什么啊……”

“虽然可能性很低，但这也有可能是针对我的圈套。万一搞错了人，不小心害死了小……稔同学，我于心不安啊。”

“……多谢担心。可如果真是圈套，也请你别下杀手。”

“好好好。”

两人同时起身下楼。

南校舍4层的走廊寂静无声。朝右拐去，先看到的是世界史准备室和日本史准备室，接着是数学准备室。既然那个漆黑之眼沿着走廊走了十米，那他进的应该就是这一间。

稔仰望门旁的牌子。就在这时，一句话在他的耳边回放。

——你要是有兴趣，也可以来参观一下呀，我觉得现在的你完全有资格加入数学社呢。

对稔说这句话的人，是高一二班的波佐间秋利。而这间数学准备室，同时也是数学社的活动室。

在门板那一头的漆黑之眼一定是他。他是唯一没有出现贫血症状的尖子生，这么推测再自然不过了。说实话，稔不太擅长跟那种类型人打交道，但他必须尽全力说服波佐间，让他解除折磨着朋美和其他同学的能力。

液化者戳了戳稔的手肘，仿佛在说“快去呀”。稔深吸一口气，把手放在门上，一鼓作气拉开，迈进屋里。

数学准备室比他想象中的更宽敞，左右两侧的墙边摆着直到天花板的书架，中间是一张细长的桌子。桌子的左右两侧摆着钢管椅。其中一把椅子上——坐着一个身材矮小的女生。室内鞋的颜色告诉稔，她是高一的。

“咦？”

稔惊愕地环视整个房间，却没有看到第二个人，屋里也没有藏得下人的地方。他对紧随自己进屋的液化者轻声问道：

“就是她？”

“绝对没错。”

液化者答得如此干脆，稔也只能接受现实了。让贫血症状在吉城高中蔓延的漆黑之眼，竟然不是波佐间。

女生呆呆地仰望稔和液化者，但片刻后，只听见椅子“咣当”一声，她猛地站起身来，大概是察觉到了某种危机。她把摊在桌上的教科书捧在胸口，连连后退。耷拉在面部两侧的头发摇摇摆摆，露出消瘦的面部轮廓。

“你……你们是什么人？你们不是数学社的吧？”

一听到那把尖细的声音，稔的记忆就受到了强烈的刺激。一幕光景浮现在眼前……

稔见过这个女生。虽然不知道她叫什么名字，但她曾在昨天与自己擦肩而过。

她不就是在楼梯平台撞到津森聪，摔倒在地的女生吗？稔本想拉她起来，她却说“我没事”，冲上了楼梯。难道……那并不是意外发生的事故？她是不是故意接触了津森，发动了能力？

“一班的津森同学、田径社的箕轮同学、排球队的前崎同学……是你让他们生病的吗？”

稔如此问道。女生一脸错愕，继续后退，以至于后背撞到了书架。一本破旧的专业书籍应声落地。

稔眼睁睁看着浮现在她脸上的惊讶慢慢变成戒备。

“别过来！”女生一声大喊，猛地伸出右手，“我……我被诅咒了！我碰过的人都会生病的！”

“诅……诅咒？”

“没错，我说的都是真的！你……你也在名单上！你再靠近一步，信不信我也让你生病啊！”

“啊？”

稔目瞪口呆，液化者在他耳边轻声说道：

“我不是说了有人对你用过能力吗？你在名单上不是理所当然的吗？”

“……”

液化者说得没错。说不定昨天擦肩而过时，她已经趁稔不注意使用了能力。

“名单……是你列的吗？”

听到稔抛出的问题，女生抿紧双唇。看到这样的反应，稔的直觉告诉他，列名单的并不是她。肯定是有别人列了一张目标清单，让女生照着单子对津森、朋美和稔下手。

既然是这样，那么列名单的人肯定是——

“是波佐间同学吧。是他列了名单，让你用能力……对同学们‘下咒’是吧。”

女生脸上顿时血色全无。戒备的神情，又一点点变成了敌意。

“我一直被人欺负，是波佐间同学救了我。他对我说，只要正确使用我的诅咒，就能改变这所学校……”

"才不是这样呢，他只是在利用你！"

"你骗人！他答应我了，会粉碎无聊的等级制度（**注：类似于印度的种姓制度，学生按社交能力、外貌差异等因素分成三六九等，底层学生沦为欺凌的对象**），会让我能重新回到教室的！"

女生用左手捧着的教科书纷纷滑落。只见她用空出来的那只手抓起靠在房间角落的铝制拖把，用双手举着。

"滚出去！别来碍我的事！！"

她的喊声像极了惨叫。但稔不能就此屈服。他必须告诉那个女生，你的力量并不是诅咒，而是来自宇宙的黑色球体注入你体内的。

稔默默上前一步。说时迟那时快，女生跟触电了似的，猛然跃起。

她把双手握住的拖把柄当长枪用，朝稔戳来。单看那娇小的体格，根本想象不出她能有那么快的速度。如果什么都不做，挨了这一击，就算稔是第三眼宿主，怕是也会有一两根肋骨骨折吧。

然而，稔跟许多凶恶的深红之眼交过手，积累了一定的实战经验。对他而言，在空中抓住直直地戳过来的拖把柄易如反掌。

女生的猛冲骤然停止。稔将全身的力气集中在抓住拖把柄的右手。

咔嚓！拖把柄发出刺耳的响声，弯了。女生瞪大双眼，呆若木鸡。

就在这时——

一股气场从右后方涌来，好似极低温的暴风，连稔都不禁屏住了呼吸。当然，他感觉到的并不是真正的风，是液化者释放了她一直压制着的，最强深红之眼的气场……借用教授的说

法，那就是“第七力”。

稔只是惊呆了，可女生的反应十分激烈。这大概是她第一次遭遇深红之眼吧。

“呜……”

她发出一声纤弱的惨叫，撂下拖把，瘫坐在地。然后双脚一通乱蹬，连连后退。

“那我先走了。”液化者再次收起气场，拍了拍稔的右肩，“多谢你这些日子的关照，稔同学。回头再联系吧。”

液化者回头转身，来到走廊，反手关了房门。拖鞋的脚步声渐渐远去，消失……

“……”

——总觉得以后还得跟她打交道。

稔边想边望向那个女生。她双手抱胸，全身瑟瑟发抖。瞪大的双眼噙着泪花，其中一边眼眶里的泪水已经夺眶而出了。

稔也不知道等待着她的会是怎样的命运。特课会派人过来，向她详细解释情况——至于在那之后，她是选择摘除第三眼，抹去记忆，还是成为特课成员，踏上战场，都在她的一念之间。

但是此时此刻，作为同一种生命体的宿主，稔还是想尽可能诚实地和她接触。就算这意味着他没法及时赶回去上第一节课。

稔下定决心，走向那个女生，伸出右手。

“当心把校服弄脏。”

听到这话，女生把身子缩得更小了，但没有表现出要逃跑的意思。

片刻后，她战战兢兢地抬起小小的左手，抓住了稔的手。

终

后记

感谢大家看完《绝对的孤独者5 液化者》。

第三集和第四集之间也隔了很久，可这一次足足让大家等了两年……实在对不起！不过隔了那么久还能像这样推出续篇，正是多亏了读者朋友们对本系列的大力支持。真的谢谢大家！

在现实世界中，两年的岁月一闪而过。可是在作品中，从第四集最后到第五集只过了两天。不对，从第三集算起也只过了五天啊……情节始终在隆冬展开，主角们的衣着打扮也特别煞风景呢。不过故事总算进行到了关键部分，称得上本系列的第一个转折点吧。而且在这一集里，之前跟特课大打出手的敌方组织高级干部——液化者女士成了主角。

我一直有在各种场合公开表示“我不喜欢敌人变成伙伴的剧情走向”“所以才会把敌人描写成坏透了的家伙”。但是我刚让液化者登场的时候就有了某种预感，也一直抱着“事情会如何发展呢”的念头在写，最后就写成了这样。话虽如此，她并没有变成稔的伙伴，所以我希望她今后能继续在一个略带紧张感的位置大展拳脚。

又到了轻松愉快的解说环节。这一次就跟大家聊一聊防御壳的新招式“固定”吧。在正文中，我用了“稔把自己固定在空间中”这样的说法，但是在我们所处的宇宙，“绝对的静止状态”是不存在的（有兴趣的读者朋友请搜索“绝对静止系”），所以我的用词并不准确。如果宇宙存在膨胀的中心点，那么好像还能以它为原点定义坐标系，但宇宙貌似是每个地方都在均匀膨胀，并不存在中心，所以不能这么办（而且在相对宇宙中心“固定”的那一瞬间，稔就会以每秒数百公里的速度飞出去）。因此请允许我将稔的“固定”实际定义为“防御壳的一部分或全部无条件维持主观的静止状态”。所谓主观，就是稔觉得自己是静止的状态——好像越解释越绕了，实在抱歉。另外，新角色润滑者先生的能力还没有完全解释清楚，我会在下一集深入展开的。

第五集的执笔工作也是一拖再拖，给责编三木先生、安达先生以及负责插画的玉蕈老师添了太多的麻烦！由衷感谢大家为本书耗费的心血！再为读者朋友们做个预告，与刺击者的再度交锋应该会在第六集上演，敬请期待！

川原砾

2019年3月某日